冴えない僕が
君の部屋でシている事を
クラスメイトは誰も知らない
2
「佑希……大好きだよ……」
JN091836

佑希は空気であった私を見つけてくれて、
形のある存在にしてくれた
高井柚実
Yumi Takai
ズルいな……僕は
遠山佑希
Yuki Toyama

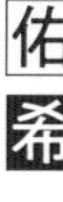

CHARACTER

I am boring, but my classmates do not know
what I am doing in your room.

と、遠山がどうしてもっていうなら……
してあげてもいいけど？

上原麻里花
Marika Uehara

「もっと見ていいんだよ……？」

冴えない僕が君の部屋でシている事を
クラスメイトは誰も知らない2

ヤマモトタケシ

角川スニーカー文庫

23348

I am boring, but my classmates do not know
what I am doing in your room.

CONTENTS

本文イラスト:アサヒナヒカゲ　デザイン:AFTERGLOW

CHARACTER

I am boring, but my classmates do not know **what I am doing in your room.**

遠山佑希【とおやま　ゆうき】

ボッチ気質の陰キャ主人公。読書が趣味で一見大人しく見えるが
意外と気が強い。セフレがいるせいか余裕があり大人っぽく見えるらしい。

高井柚実【たかい　ゆみ】

主人公のセフレで図書室の住人。上原への対抗心から髪の毛を切り、
イメチェンし清楚可憐な美少女になる。

上原麻里花【うえはら　まりか】

見た目華やかで性格は極めて良くクラスで一番人気。
主人公に元々好意を抱いていたが誹謗中傷から救ってもらったのが
キッカケで、人目も気にせず一途に遠山を思い続ける。

高井伶奈【たかい　れな】

高井柚実の姉。自由奔放な性格でモデルもしている容姿端麗で
頭も良い完璧美人。妹と正反対の性格をしており、
社交的でコミュニケーション能力に優れ幼少の頃から人気者。

沖田千尋【おきた　ちひろ】

主人公の親友。小柄で一見女子に見える美少年。
人を疑うなど他人を悪く思ったりしないピュアな性格。

相沢美香【あいざわ　みか】

上原、高井の親友。見た目は中学生だが姉御肌で頼りになる。
観察眼に優れ相手の心の機微に敏感で思いやりがある。

遠山菜希【とおやま　なつき】

主人公の妹。ややブラコン気味で言動が変わっている。

奥山翔太【おくやま　しょうた】

主人公の数少ない友人。遠山に対して理解があり、
陰ながら応援している。

藤森加奈子【ふじもり　かなこ】

高井柚実のアルバイト先の女子高生スタッフ。
ギャルっぽい見た目に反して読書家で、高井の良き相談相手。

第一話　譲れない想い

I am boring, but my classmates do not know
what I am doing in your room.

この時間は貸出よりも返却業務が多く、図書室が開いている時間が短いため昼休みの業務に比べると忙しい。

放課後の図書室、遠山佑希は昼食後の眠気を堪えながら図書委員の業務に従事していた。次から次へと返却に来る生徒の対応で忙しそうにしている遠山に、熱い視線を送っている少女が二人、図書室のテーブル席に向かい合って腰掛けていた。

一人はショートボブで派手さはなく無表情でミステリアスな雰囲気を醸し出し、優等生のような佇まいの清楚、可憐な美少女の高井柚実。

片や毛先に軽くパーマをかけたロングヘアを明るく染め、着崩した制服に二つの大きな膨らみを作り、僅かに胸の谷間を覗かせたスタイルが良く華やかな雰囲気の美少女、上原麻里花。

上原はその容姿と性格の良さからクラスで人気があり、好意を寄せている男子生徒も多い。高井は髪をロングからショートボブに変えて眼鏡を外し、イメチェンしてからというもの、クラスの男子生徒の間で密かに人気者になりつつあった。

そんなクラスでも人気の美少女二人が向かい合って座っているが、そこに会話はない。どこかお互いに牽制し合っているような雰囲気でもあった。

図書室の受付カウンターに並んでいた生徒がいなくなり、本の返却が一段落したのを見逃さなかった上原は、すかさず遠山のいるカウンターへと駆け寄る。

「ねえ遠山、今日学校終わったら遊びに行かない？」

生徒がいなくなり遠山に声を掛けるタイミングを、上原はテーブル席に腰掛け窺っていたようだ。

「え？　今日の放課後？」

「うん、ちょっと買いたい物があるから付き合ってほしいなぁって」

上原には特に買う物があるわけではなく、遠山を誘う理由が必要なだけだった。

「えと……放課後は――」

「佑希はこれから私と用事があるから、上原さんごめんなさい」

遠山の返答は聞き覚えのある声で遮られ、それに驚いた上原は振り返った。

「た、高井さん⁉」

そこには上原の誘いを遠山に代わり、勝手に断った高井の姿があった。

三人の間に沈黙が流れ、上原が再び口を開いた。

「遠山、高井さんと約束してたの？」

上原は何かを疑っているのか確認するような眼差しを遠山に向けた。

「そ、そう！　今日はこの後、高井と約束してたんだ……せっかく誘ってくれたのにごめん。また今度」

「……うん、分かった。先約があったなら仕方ないし気にしないで」

そう言って図書室を出ていく上原の後ろ姿は、少し寂しそうに遠山には見えた。

「高井……どうしたんだよ？　約束なんてしてないのに急にあんなこと言うなんて」

「佑希は上原さんと遊びたかった？」

「いや……そういうわけじゃないけど……」

「そう……それじゃあ図書委員の仕事が終わるまで、そこで待っているから」

高井は図書室のテーブル席に戻り再び読書を始める。無表情な彼女から感情は窺えないが、その行動から上原に対抗意識を燃やしているように遠山は感じた。


本の返却を高井に手伝ってもらい、いつもより早く業務を終えることができた遠山は、図書室を施錠し鍵の返却のために職員室への廊下を並んで歩いていた。

「手伝ってもらって悪かったね」

「ううん、本を片付けるのは好き。本棚に戻す時に色々な本の背表紙を見られるから」

図書室の住人なだけあって、本好きの高井は背表紙を見ているだけで幸せのようだ。本に興味がない人間には理解できないだろう。図書委員で本好きの遠山はその感覚を理解できていた。

「ああ、それ分かる。いつも見てるはずなのに本を棚に戻す度に何か発見があるよね。あれ？　この棚にこんな本あったっけ？　みたいな」

「私も毎日のように図書室で棚を見ているはずなのに、来る度に何か発見がある。だから私は紙の本が好き」

「確かにこれは紙の本ならではだよな。電子書籍ではそういうのって感じられないし」

「うん、紙の匂いも好きだから図書室にいると落ち着く」

高井のその感覚に共感した遠山は無言で頷(うなず)いた。

職員室へ向かいながら高井と本について話していると時間はあっという間に過ぎ、遠山にとってそれは楽しい時間だった。

「失礼します」

遠山は職員室の扉を開け、高井を連れて宮本(みやもと)先生の机へと向かった。

「宮本先生、図書室の業務終わりましたので鍵の返却にきました」

「遠山くんお疲れさま……あら？　今日は高井さんも一緒なの？」

遠山の後ろで遠慮がちにしていた高井を見た宮本先生は、少し驚いているようだった。

高井が誰かと行動しているのは珍しいからだろう。

「はい、最後の片付けを手伝ってもらいました」

「そう、高井さんありがとう」

「いえ……たまたま最後まで図書室にいただけで、棚戻しが大変そうだったので……」

「本当に助かったわ。一人であの量を片付けるのは大変だからね」

「なのになんで一人しか図書委員がいないのか不思議なんですよね」

遠山は常々思っていたことを宮本先生に尋ねてみた。

「その辺は色々とね……でも、図書委員を各クラス二人に増やそうかと検討しているから、その時は高井さん立候補してね」

「は、はい……よろしくお願いします……」

最近は少しずつ人と話すようになった高井ではあるが、唐突に話を振られどう対応してよいのか分からず戸惑っているようだ。

「うふふ、高井さんは図書委員に適任そうね」

高井は毎日のように図書室に通っているが、図書委員として仕事をすることを本人は喜ぶのだろうかと遠山は考えた。高井にしてみれば読書の時間が減るのだから。

「じゃあ僕たちは帰りますので後はよろしく願いします」

「図書室のチェックはしておくから気を付けて帰ってね」

「はい、失礼します」

遠山と高井の二人は図書室の鍵を宮本先生に渡し、職員室を後にした。

「菜希(なつき)、先に行ってるぞ」

「ああん、お兄ちゃん待ってよ～可愛(かわい)い妹を置いていくつもり～？」

「なんで菜希は僕より早く起きてるのに、いつもギリギリなんだよ」

遠山家の朝はいつもこのやり取りで始まる。毎朝、遠山よりも早く起きてはいるものの、のんびり屋の菜希は決まって兄に置いていかれている。

「女の子は準備に色々と時間がかかるんだよ。お兄ちゃんはそういう女性の心理が分からないからモテ――てるのかな……？　いや、でもオッパイ星人みたいな美人さんが……」

菜希は誰かのことを思い出したのか、何やらブツブツと言っている。

「行ってきます！」

遠山は構っていられないと、菜希を置き去りに玄関を出て学校へと向かった。

「ああ！　菜希も一緒に行く！」

カバンを抱えた菜希は慌てて遠山を追って玄関を出ていった。

「はぁはぁ……お、お兄ちゃんはもう少し妹に優しくするべきだと思います！」

菜希は走って追い掛けてきたのか、息を切らしながら訳の分からない文句を言ってくる。

「僕は十分菜希に優しいと思うけど？　いや、少し甘やかし過ぎてるか……？　っていうか相変わらず菜希は体力ないなぁ」

「そういうところ！　優しくない！　お兄ちゃんは反省してください！」

そう言って菜希は身を寄せ、遠山と腕を組み始めた。

「はいはい……」

毎日のようにこのようなやり取りをしているせいか、登校中の他の生徒から注目を浴びるのに慣れてしまい、さほど気にならなくなった。

「おはよう遠山！」

そしてもう一つ注目を浴びている原因の女子が遠山に声を掛けた。

「上原さんおはよう」

最近、遠山は通学路で上原と会うことが多くなっていた。

「ああっ！　オッパ――」

菜希がオッパイ星人と言い掛けたのを察知した遠山が、ギロリと睨みをきかせる。

「う、上原先輩おはようございます……」

「菜希ちゃん、おはよう。今日もお兄ちゃんにベッタリだねぇ」

「そういう上原先輩は、今日もお兄ちゃんを待ち伏せしてるじゃないですか？」

「ま、待ち伏せじゃなくて……その……そろそろ遠山と菜希ちゃん来るかなぁって待ってただけで……」

「そういうのを待ち伏せって言うんです」

「う……」

図星だったのか菜希の指摘に押し黙る上原。

「遅刻しちゃうから二人とも、もう行くよ」

このようなやり取りはいつものことなので、遠山は二人を置いてさっさと学校へと向かった。

「ああん、遠山待ってよぉ」

「お兄ちゃんのいけず～」

三人はぎゃあぎゃあと騒ぎながら校門を潜った。これも恒例のことになりつつあった。

「じゃあ、俺たちはこっちだから」

中等部の菜希と別れる場所に到着すると、今度は上原が遠山と腕を組み始めた。

「う、上原さん？　ちょ、ちょっと目立つから腕を組むのはやめません？」

「ああっ！　上原先輩どさくさに紛れて何してるんですか⁉」

「遠山は私が責任を持って教室まで連れていくから、菜希ちゃんは安心してね」

「逆に安心できないです！」

「菜希ちゃん、じゃあね」

そんな二人を無視して上原は、高等部の校舎へ遠山を引きずるように二人で消えていった。

結局、遠山は上原と腕を組んだまま、教室の近くまで連れていかれてしまう。

「それで上原さん、そろそろ腕を離してくれません？」

菜希と別れてから、教室の近くまで上原と腕を組みながら歩いてくる途中、遠山は他の生徒の視線を痛いほど浴び続けていた。上原は学校中の生徒の間でも有名な美少女で、そんな彼女が男と腕を組んで廊下を歩いていれば、当然のことながら目立つ。そのお相手が冴えない男子生徒であればなおのこと。

「もうこのまま教室に入っちゃう？」

「え？　そんなことしたら誤解されちゃうよ？」

「遠山は誤解されたらイヤ？」

「そ、それは……」

「それとも……高井さんに見られたら困る？」

「……」

「ご、ごめん……意地悪いこと言っちゃって……」

遠山が何も言えず黙っていると、ハッとした上原は自分が失言したことを察し、バツが悪そうに遠山から目を逸らした。

「いや、いいんだ。上原さんは悪くないよ」

「ごめん……」

遠山が気を悪くしたと思い込んだ上原は、しょんぼりと項垂れ元気をなくしてしまう。

「上原さん、一緒に教室に入ろう」

「うん！」

もとはといえば遠山が撒いた種だ。そのせいで上原を落ち込ませてしまったせめてもの償いに、遠山は腕を組んだまま教室に入ることを決めた。

教室を目前に逡巡し緊張する遠山。このまま教室へ入っていけば注目の的だろう。高井も見るかもしれない。そんな考えが頭を過るが片や上原は、遠山に腕を絡め嬉しそうにしている。

——ええい、ままよ！

覚悟を決め上原と腕を組んだまま教室に入る遠山。

――っ！

遠山と上原が扉から姿を現すと二人に注目が集まった。始業前でザワついていた教室内が一瞬静まり返り、ヒソヒソと話す声が二人の耳に届く。

『あの二人、腕組んで入ってきたぞ……』

『やっぱ付き合ってんのか？』

『いやいや、それはないだろ。きっと上原さんは遠山のこと揶揄ってるんだよ』

『でもさ、上原さんが他の男子にそんなことしてるの見たことあるか？』

『言われてみればないな……』

『だろ？』

耳に入ってくる言葉は二人の関係に疑りを持つ内容だった。

「遠山！　お前ら大胆だなぁ？　それにしてもいつの間に二人は付き合い始めたんだ？」

遠山の背中を叩きながら声を掛けてきたのは、クラスメイトの奥山翔太であった。彼の発言で微妙な雰囲気だった教室の空気がガラッと変わった。

「お、奥山くん!?　僕たち別に付き合ってるわけじゃ……」

「カップルじゃないのに腕組んで堂々と教室には普通入ってこないぞ？」

「そ、それは……」

奥山の言うことはもっともで、遠山は反論することができなかった。

『やっぱ二人は付き合っていたのか……怪しいとは思っていたんだよ』

『だよなぁ……上原さんの遠山に対するスキンシップが凄かったもんな』

『羨ましい……』

奥山のひと言で、今度は遠山と上原が付き合っている、という確信にクラス内の生徒の認識が変わりつつあった。

「麻里花、アンタたち本当に付き合ってたんだ？　翔太から聞いてたけどビックリしたよ」

奥山の彼女である小嶋理絵の発言で更に追い打ちをかけてくる。

「こ、小嶋さんまで!?　こ、これはさっきまで僕の妹と上原さんの三人でふざけ合ってたから、その延長みたいなもんだよ、ね？」

あくまでふざけ合っていたことにしたい遠山は、上原にアイコンタクトで肯定を求めた。

「う、うん……そうそう！　さっきまで菜希ちゃんと一緒に遠山を揶揄って遊んでただけだから、付き合ってるわけじゃないよ」

「ふ〜ん……まあ、そういうことにしたいならそれでもいいけどねぇ。ふふ」

小嶋は含みを持たせるような言い方で締め括った。

『上原さんが付き合ってないって言ったぞ』

『よかった……』

『でもさ……それでも上原さんと仲良くできて羨ましい』

『まあ確かに……』

『付き合い始める直前のカップルみたいだな……』

『それな』

上原が一応否定はしたものの、クラス内での認識はあまり変わってはいないようだった。

「まあ頑張れよ、遠山」

「奥山くん、それは何に対して……？」

「さあね、言わなくて分かる——た、高井さん!?」

奥山が背後に人の気配を感じ、話を中断して振り返るとそこには不機嫌そうにした高井が佇(たたず)んでいた。

「た、高井さん……怖い顔してるけどなんか怒ってる？」

奥山が不機嫌そうな高井に恐る恐る声を掛ける。

「別に怒ってない。私はいつもこんな表情」

高井は普段から無表情だが、それほど親交が深くない奥山でも分かるくらいに感情が顔に出ていた。

「そ、それならいいけど。それで誰かに用でもあるの？」

奥山の問いに高井は無言でコクンと頷き、一冊の本を遠山に差し出した。

「これ借りていた本。ありがとう、面白かった」

「あ、ああ……」

遠山が本を受け取ると高井は何も言わず自分の席に戻っていった。

「おやぁ？　おやおや……何だか大変なことになってるわねぇ麻里花？　ライバル登場って感じ？」

高井の様子から何かを感じた小嶋は、揶揄うように上原にカマをかけてきた。

「そ、そんなんじゃないってば理絵」

「高井さんが只ならぬ雰囲気を漂わせていたように感じたのは気のせいかなぁ？」

「だから何もないってば」

「麻里花がそう言うならいいけどね。でも……高井さん可愛いし取られないようにしないとね」

この小嶋の言葉に上原は何も答えることはなかった。

「それで遠山、お前はどっちが本命なんだ？」

一連の様子を窺っていた奥山が遠山と肩を組み、周りに聞こえないような小さな声で話し掛けた。

「お、奥山くん……二人ともそういうのじゃ……」

今の三人の関係から、とても本当のことを言える状況ではない遠山は言葉を濁した。

「隠したいのは分かるけど、上原さんの行動や高井さんの様子を見てると、いずれバレると思うぞ」

奥山の言う通り、上原の遠山への接し方は誰が見ても、異性の友達相手にしては過剰なスキンシップだ。それに遠山と上原に対して、高井も無関心でいられなくなってきているようだった。

「……僕からは今、何も言えない。せっかく奥山くんが心配してくれてるのにゴメン」

「そっか……まあ……話したくなったらいつでも相談に乗るからな」

「うん、ありがとう。そうさせてもらうよ」

とは言ったものの、高井との関係を考えてみれば他人に軽く相談できるような内容でないことを遠山が一番分かっていた。

「おう、いつでもいいからな。さて……そろそろ先生が来るから席に戻らないと」

こうしてクラス内に遠山と上原、高井の関係を疑う生徒が徐々に現れ始めつつあった。

お昼休み。遠山、沖田千尋、上原、相沢美香の四人が、いつものように集まり昼食を広げていた。

「沖田くんのお弁当、色とりどりで美味しそう。お弁当箱も小っちゃくてカワイイね」

沖田のお弁当箱をまじまじと見つめている上原は楽しそうだ。

「前から思ってたんだけど、沖田はそれだけで足りるの？」

以前、遠山が沖田に対して疑問に思って聞いたことがあったが、相沢も同じようなことを思っていたようだ。

「うん、ぼくは小食だからこれくらいで十分なんだ」

沖田のお弁当箱はダイエット中の女子が使うような一段のもので、本当に小さかった。

「沖田より麻里花の食べる量の方がどう考えても多いよね？」

「ちょっと美香、どこ見て言ってるのよ⁉」

「どことは言わないけど……アンタまだ育った？」

遠山はつい相沢の目線を追ってしまい、上原の大きく制服を持ち上げた双峰に見入ってしまう。

「そそそ、そんなことないと思うケド……そ、それより遠山っていつもパンとかおにぎりでお弁当とか持ってきてるの見たことないね」

上原は体重が増えた自覚があるのか、これ以上その話題には触れないよう話を逸らし、遠山に別の話を振ってきた。

「うちは両親が共働きで大変だろうから、お弁当とか作らなくていいって言ってあるんだ」

「ふーん……だったら自分で作ってみれば？」

相沢は気軽に言ってくるが、弁当を作るのはそう簡単なことではない。

「相沢さんには僕がそんなマメなことをするように見える？」

「まあ、確かに遠山が実は料理が得意で……とかは想像できないね」

「でしょ？」

「自慢することでもないけどね」

「そういう相沢さんは料理とかするの？」

「私は自分でお弁当作ってるから、それなりに自信はあるよ」

「へえ、相沢さんは毎回お弁当持参だけど自分で作ってたんだ……上原さんは？」

相沢が自分でお弁当を作っているのが、遠山には意外だったようだ。

「わ、私は……料理はできるよ。よ、よく家では手伝ってるもん」

その自信なさげでハッキリ言い切らないところから、上原は料理がそれほど得意ではないけど見栄は張りたいんだな、と遠山は理解した。とても口に出して言えないが。

「麻里花、見栄は張らなくていいんだよ。うん」

相沢も同じように思っていたようだが、親友なだけあってオブラートに包まず、ハッキリと言い切った。

「そ、そんなことないってば！　野菜を洗ったり、ピーラーで皮むきしたり……」

「他には？」

確かに手伝いには間違いないがそれだけ？　と思った遠山の代弁を相沢がしてくれた。

「灰汁取りしたり食器並べたり？」

「うーん……まあ手伝いであるのは間違いないけど、麻里花は料理が得意でないのは分かった」

食器を並べる、が出てくる時点で得意じゃないなと、ここにいる誰もが思ったことだろう。

「そ、そこまで言うなら遠山にお弁当作ってきてあげるから！　それを食べてから判断して！」

「え？　なんで僕……？　相沢さんに作ってくればいいんじゃない？」

「ほ、ほら、いつもコンビニのおにぎりとか購買のパンばっかりだから、たまには栄養のバランスが良いものも食べてもらおうと思って……」

「でも、わざわざ作ってきてもらうなんて悪いよ」

「いいの！　自分のお弁当を作るついでだから」

わざわざ手間をかけて作ってもらうのは申し訳ないと思った遠山だが、自分の分のついでと言われてしまうとさすがに断りづらかった。

「わ、分かったよ。じゃあ……上原さんお願いします」

「うん！　それじゃあ、遠山は好き嫌いとかある？」

「うーん……モツとか内臓系は苦手だけど、それ以外では特にないかな？」

「さすがにお弁当にモツとか入れないから」

すかさず上原の突っ込みが入る。

「そ、そうだよね」

「じゃあ、おかずはお任せでいい？　リクエストがあれば作るけど？」

「いや、何でもいいよ。上原さんが得意な料理でお願いします」

「うん、分かった！」

こうして、遠山のお弁当を上原が作ってくることになった。

「佑希(ゆうき)、よかったね！　上原さんがお弁当作ってきてくれるなんて！」

心の綺麗(きれい)な沖田は、上原に何かしら思惑があって遠山のお弁当を作ると言い出したとは、微塵も思っていないようだった。

「美香、帰りにスーパー寄って明日のお弁当の材料買いにいくから付き合って」

「もう明日作ってくるんだ？」

「うん、これから梅雨になるから、お弁当持ってくる機会も減るだろうし」

「ああ、確かにそうだね。麻里花のお弁当食べてお腹壊したら、遠山もトラウマになるだろうし」

「ち、ちょっと不吉なこと言わないでよ！」

「ゴメンゴメン、買い物付き合うから明日のメニューを一緒に考え――」

相沢が何かを感じたのか、会話を途中で止め周囲を見回した。

「美香？　どうかしたの？」

相沢が視線を感じた方向に目を向けると、そこにはこちらの様子を窺っている高井の姿があった。一瞬だけ相沢と目が合ったが、すぐに逸らされてしまう。

「ううん……なんでもない」

上原には何もなかったと返答したが、複雑な心境になった相沢は心の中でため息を吐いた。

◇

上原がお弁当を作ってくると宣言した翌日の昼休み、上原の手作り弁当のお披露目会ということで、遠山を中心に上原、相沢、沖田といういつものメンバーが集まっていた。

「佑希、高井さん呼んでくるよ」

高井に声を掛けてくると沖田は遠山たちの輪を抜け出した。

「高井さん、上原さんが佑希にお弁当作ってきたっていうから、今日はお昼一緒に食べない？」

「え？　どうして上原さんが佑希にお弁当を……？」

「昨日みんなでお昼食べている時に話の流れでそうなったんだ」

「上原さんが佑希に……？」

「そう、佑希はおにぎりやパンばかりで栄養のバランスが悪いから、私が作ってくるーって上原さんがね」

沖田が昨日の話の流れを一通り説明すると、高井は少し考えるような素振りを見せた。

「そう……今日は私もみんなと一緒にお昼食べさせてもらいます」

「よかった！　じゃあ行こ」

高井は広げていたお弁当を片付け、遠山たちのもとへと向かった。

「今日は高井さんも一緒にお昼食べるって！」

何も知らない沖田は満面の笑みを浮かべ、高井と一緒に昼食をとれることを心の底から喜んでいるようだった。

「きょ、今日は麻里花がお弁当作ってきたからそのお披露目だって。本人曰く料理には自信があるらしいから柚実も期待していて……ね」

片や多少事情を知っている相沢の反応は沖田と対照的だ。高井の心情をある程度理解している相沢は、上原の遠山へのお弁当イベントを手放しで楽しむことはできない。

「美香、あまりハードルを上げないでほしいんだけど……」

「おや？　麻里花は自信がないのかなぁ？」

だからといって黙っているわけにもいかず、相沢はみんなが楽しめるように努めて明るく振る舞った。

「じ、自信はあるから！　と、遠山……お弁当作ってきたから……その……どうぞ……」

その言葉とは裏腹に、上原は自信なさげにお弁当箱を遠山に差し出す。

「上原さんありがとう……っていうかどうしたの？」

好きな男子にお弁当の評価をされるとあって、上原はこの上なく緊張していた。

「その……見た目があまりよくないというか……なんか失敗しちゃって」

「そうなんだ？　でも気にしないから大丈夫だよ」

「うん……でも！　味は美味しいと思うんだ！」

「それじゃ、遠慮なくいただきます」

「お、美味しくなかったら残していいからね」

遠山はお弁当箱の包みを開き、蓋を取った。その様子を集まったメンバーは固唾を呑んで見守っている。

お弁当の中身は唐揚げ、ハンバーグ、煮物、きんぴら、だし巻き卵と色とりどりで豪勢だ。

「わ、おかずこんなにたくさん？　作るの大変だったんじゃない？」

全部のおかずを朝に作ったとしたら、一体何時に起きたのだろうかと遠山は心配になった。

「昨日の夕飯のおかずも入ってるからそれほどでもないよ」

「ならよかった、もし朝から全部作ってたら、大変だったんじゃないかと心配したよ」

「それは気にしないで大丈夫だよ」

「じゃあ、遠慮なく……」

色とりどりのおかずの何から食べるか悩んだ遠山は、だし巻き卵に箸を伸ばし一切れ摘むと口へと運んだ。

「うん、美味しい！」

「ホント⁉　だし巻き卵って焼きながら何回も巻くんだけど、上手く巻けなくてボロボロになっちゃったんだ。でも、美味しいって言ってくれて嬉しい……」

「確かに形は崩れてるけど、甘さもちょうどいいし味はちゃんとだし巻き卵だよ」

「よかった……」

味見した時は我ながら良い味付けになったと自信があったおかずだったので、遠山に美味しいと褒められ上原はホッと胸を撫で下ろした。

「遠山だけズルい！　私も食べたい！」

それまで黙って見守っていた相沢だが、遠山の感想を聞いて我慢できなくなったようだ。

「じゃあ、みんなで分けようか」

遠山は残っただし巻き卵二切れを高井、沖田、相沢に分け始めた。

「あ……美味しい……私もこれくらいの甘さが好き」

「うん、上原さん美味しいよ！」

「麻里花の手料理って初めて食べたけどやるじゃん」

高井、沖田、相沢からの評価は良く、万人が美味しいと思える味付けであったことが窺える。

「へへ……みんなに褒めてもらえて嬉しい……でも、本当はお母さんに味付けを手伝ってもらったんだ。だから二回くらい作り直ししたかな」

「そんなの初めから分かってたから大丈夫」

相沢にとっては親友の上原のことなら何でもお見通しということだろう。

「え？　そうなの!?」

「そうだよ。だってみんな……疑うことを知らない心の綺麗な沖田は別として、麻里花が料理得意だとは信じてなかったから。ねえ、遠山？」

「相沢さん、それを僕に振る？」

「じゃあ、柚実」

「だし巻き卵を食べた限りでは、上原さんは料理が下手ってことはないと思う」

突然、振られたにもかかわらず、悩む素振りも見せず高井は淡々と感想を述べた。

「だそうです。よかったじゃない柚実のお墨付きだよ」

「高井さんは毎日お弁当を自分で作って持ってきてるんだね？」

沖田の言うように高井は、ほぼ毎日お弁当を持参している。

「ほとんど夕飯の残り物だけど。うちの母親は夕飯の時間に仕事でいないから自分で作ってる」

いつも夕飯の時間くらいまで高井の部屋で過ごしていたにもかかわらず、遠山はそのことを知らなかった。家族のことには敢(あ)えて触れないようにしてきた遠山にとって、新たな高井の一面を知ることができた。

「確か前にそんなこと言ってたね。私、柚実のお弁当も食べたいな」

食いしん坊というわけではないだろうが、相沢は高井のお弁当にも興味を示し始める。

「え？　昨日の夕飯の残りだから美味しくないと思う」

「遠山も食べてみたいでしょ？」

「え？　まあ食べてみたい、かな？」

「じゃあ、決まり！　でも、みんなで食べたら柚実のお弁当なくなっちゃうから、麻里花の作ってきたお弁当食べていいよ。あ、私のお弁当もお裾分けしてあげる」

上原のお弁当のお披露目会から、なぜかお弁当の交換会に変わってしまったが、相沢と沖田は楽しそうだし、何より高井と五人でお昼をとっているのが遠山は嬉しかった。

「はい、お裾分け～」

そう言って相沢は自分の弁当じゃないおかずまで仕切り始める。中心に立つ役割を持って生まれてきた感じだ。

「ん！　柚実の作った煮物、出汁がきいているし味が染みてて美味しい！」

相沢は高井のお弁当から摘んだ煮物を口に含むと、頰を緩ませた。よっぽど美味しかったのだろう。

「相沢さんのハンバーグも柔らかくてジューシーで美味しい」

小分けにされたハンバーグの切り口から溢れ出る肉汁。相沢の作ったハンバーグは高井

を も唸らせる一品だった。

「私も食べたい！」

上原は相沢のハンバーグを箸で摘み口へ運んだ。

「ホントだ……悔しいけど私が作ったのより美味しい……」

遠山に作ってきた自分のハンバーグと食べ比べた上原は、その味の差に悔しさを滲ませた。

「まあ、私と柚実は毎日作っているし、麻里花とは年季が違うからね。ガッカリしなさんな」

「そう、上原さんも練習すればもっと上手になるから大丈夫」

「うん、頑張ってもっと美味しい料理作れるようになる！」

高井からお墨付きをもらった上原は少し嬉しそうだ。

「でも、上原さんのお弁当も美味しかったよ！　いつでも良いお嫁さんになれるね！」

沖田の言動には全て邪気がなく常にポジティブなのが良いところだが、時にこのような爆弾を投げ込むこともある。

「えっ⁉　お、お嫁さん……いや、まだ高校生だし……気が早いというか……ね？　遠山？」

お嫁さんというワードの相手に想い人を思い浮かべたのか、照れくさそうに遠山をチラチラと見ながら上原は何気にアピールを続けた。

「そ、そうだね。あはは……」

高井のいる目の前で上原に分かりやすいアピールをされ、どう反応していいか分からない遠山は曖昧な返事をすることしかできなかった。

「ね、ねえ、佑希……あ、明日は私がお弁当を作ってきてあげようか？」

何を思ったのか突然、高井までお弁当を作ってくると言い出した。

「え？　そ、そんな申し訳ないし……だ、大丈夫だよ」

遠山が申し訳なさそうに断ると高井は少し寂しそうに俯いた。

「いいじゃん、柚実にも作ってきてもらいなよ。お昼代が浮くし」

それを見た相沢がすかさずフォローを入れる。高井が落ち込む姿を見兼ねてのことだった。

「そうだよ佑希。せっかく作ってきてくれるって言ってるんだし、高井さんの好意に甘えちゃいなよ」

相沢に同調した沖田にも同じように言われた遠山は少し悩む素振りを見せる。

「じゃ、じゃあお言葉に甘えて……高井、明日お弁当作ってきてくれるかな？」

これ以上断ると逆に不自然になってしまう。上原のこともあるが遠山は高井の気持ちも考えお願いすることにした。

「うん、分かった。じゃあ……今日の放課後にスーパーへ二人で買い物に行かない？」

「僕と一緒に食材の買い出しに行くの？」

「そう、一緒にメニューを決めた方が一人で悩まなくて済むから、時間も無駄にならない」

口では効率を重視しているように言ってはいるものの、実際には上原に対する当てつけであることは遠山も相沢も分かっていた。

「わ、分かった。放課後にスーパーに寄って帰ろうか」

いつも控え目な高井にしては強引ではあるが、その裏には上原に負けたくないという気持ちがあるのだろう。

「佑希、高井さんにもお弁当を作ってもらえてよかったね！」

上原の遠山へのお弁当のお披露目会は意外な方向に向かい幕を閉じた。後半、遠山と相沢はハラハラし、上原は複雑な気持ちであったことだろう。唯一、沖田だけは純粋に微笑ましく思っていた。

「それで、何を作るの？」

スーパーの店内で食材を見ながら高井に尋ねた。

『荷物になるし家の近くのスーパーの方が安い』ということで高井の家の近くのスーパーに二人は来ている。

「佑希が食べたいものを作るから言って」

そう言われてもすぐに思い付かず悩んでいると、高井が突然顔を寄せ耳元で呟いた。

「ねえ、佑希……今日は家に誰もいないから……夕飯も食べていく？」

体育用具倉庫前で倉島と石山との一件があって以来、どことなく後ろめたさを感じていた遠山は、高井の部屋に行くことを躊躇っていた。

「……あ、ああ…今日は夕飯をご馳走になろうかな……」

高井の口から出た言葉は明らかにお誘いの言葉であった。その甘美な言葉にしばらく我慢したものの、性欲を持て余していた遠山はアッサリと屈服してしまう。

「うん……」

小さく頷いた高井の表情は、これから自分の部屋ですることに期待しているのか妙に艶めかしかった。その高井の姿を見た遠山も期待せずにはいられなかった。

買い物を終え、家に着いた二人は食材を冷蔵庫に入れ、高井の部屋へと向かった。

「なんか高井の部屋に来るのは久しぶりだ」

久しぶりに訪れた高井の部屋は彼女の匂いが立ち込め、これから目の前にあるベッドでする行為を想像した遠山の脳をより刺激する。

――!?

「た、高井……」

突然ベッドに押し倒され仰向けになった遠山に、高井は馬乗りになり覆いかぶさった。

「この匂い……久しぶり……」

甘えるように抱き付いてきた高井は、遠山の首筋に唇と鼻を当て、スンスンと鼻を鳴らし匂いを嗅ぎ始める。

「まだシャワーも浴びてないし汗臭いし汚いから……」

「汚くないよ……それに佑希の匂いを嗅いでいるとね……落ち着くの……」

そんな高井の行動を愛おしく感じた遠山は、彼女の頭を右手で引き寄せ髪に顔を埋めた。

「あっ……」

「高井も……いい匂いだ……」

高井の髪の毛は仄かにシャンプーの香りが残っていて、遠山の鼻腔をくすぐった。

「佑希の……もう元気いっぱいだよ……？」

高井に馬乗りされて抱き付かれ、その柔らかい感触と彼女の良い匂いで刺激を受けた遠山は、制服のズボンに大きく膨らみを作っていた。

「そういう高井だって」

遠山の太ももに触れる高井の身体から、湿り気を帯びた熱を感じた。

「あ、あぁっ……そ、そんなこと……ない」

恥ずかしそうに高井は布団に顔を埋めた。

「佑希……苦しそう……私が脱がせてあげる」

しばらく抱き合って落ち着いたのか、高井は体を起こし遠山の制服のベルトを外し始める。ズボンと下着を一気に下ろすと今度は自分のショーツを脱ぎ始めた。

高井はショーツを片方の足首に掛けたまま、再び遠山に馬乗りになった。

「た、高井!? だ、駄目だって！」

馬乗りになった高井がそのまま腰を下ろそうとした瞬間、遠山は高井の細い腰を両手で摑み、慌ててその動きを止めた。

「あぁっ！」

遠山に腰を摑まれた高井は小さく嬌声を上げる。

「どうして……？」

「どうしてって……当り前じゃないか!? 避妊もしないで……できるわけないよ」

高井はコンドームを付けずに行為に至ろうとしたのだ。

「佑希は……したくないの……？」

「もちろんしたいけど……でも、このまま続けたら歯止めがきかなくなりそうで怖いんだ……だから、この一線だけは越えないようにしないと駄目だ」

遠山は快楽に溺れその結果、高井と周囲の人を巻き込んで迷惑をかけてしまうことを恐れていた。

「……私、どうしても佑希が欲しくて……ワガママ言ってゴメンなさい」

切ない表情を浮かべ本心を語る高井の姿に遠山は心を打たれ、再び彼女を抱き寄せた。

「高井が謝ることないよ。僕だって本当は……だから、今はちゃんと付けてしよう」

「うん……」

久しぶりに行為に至った二人は時間を忘れ、夢中でお互いを求め合った。


汗だくになった二人はシャワーを浴び、高井はエプロン姿でキッチンに立ち、遠山はリビングのソファーでテレビを観ている。

「佑希、そろそろ料理できるよ」

高井だけに料理の準備を任せてしまうのは心苦しいと、遠山は手伝いを申し出たが邪魔になるからと断られた。その様子はまるで新婚夫婦のようだった。

「ああ、すぐ行く」

テレビを消し、ソファーから立ち上がった遠山はキッチンへと向かった。テーブルに置かれた料理は出来立てで、料理から湯気を立てている。

メニューはポークソテーに温野菜の付け合わせだけだ。スーパーで買い物をしている時からすでに二人はセックスをすることを考えていたので、料理をする時間があまりないだろうと仕込みの簡単な料理にしたのだ。

「うん、美味しい！　肉も柔らかいしこのソースも凄くいいね」

さすが毎日料理をしているだけあって高井の手際も良く、料理の腕に間違いはなかった。

「よかった……佑希に喜んでもらえて嬉しい……」

今日の高井は素直だ。お昼休みにお弁当を作ると言い出したことといい、スーパーに誘ってきたこと、ベッドで甘えてきたことなど、珍しく素直に感情を表している。

「なんかさ……新婚さんみたいだな……僕たち。いや、結婚したことないけど、夫婦ってこんな感じなのかなぁって」

そんな高井を見ていた遠山も、普段なら言わないような素直な気持ちを口にした。

「……夫婦ってそんないいものじゃないよ……佑希の両親は仲良いの？」

上原とは対照的に、高井は結婚に憧れのようなものはないらしい。

「ああ……うちの親は仲良いんじゃないかな？　喧嘩してるのとか見たことないし」

「それは良いご両親だね……佑希は私の親が離婚しているのを知っていると思うけど、父が浮気して……それが原因で別れたんだ」

高井の両親が離婚していることは知っていたが、遠山は原因までは聞かされていなかった。今まで高井が自ら話すこともなかったし、遠山もわざわざ聞こうとも思わなかったからだ。それを今、なぜ急に高井が話そうと思ったのだろうかと遠山は疑問に感じた。

「父に女の影がチラついてからというもの、二人はいつも喧嘩ばかりで……それを子供だった私には見ているのが辛かった」

——だからか……さっき僕が話した新婚みたいだって話に高井が否定的だったのは。

高井は小さい頃、喧嘩ばかりしていた両親を目の当たりにし、夫婦というものに憧れを持てなくなったのだろう。

「そして離婚した後、あの人は私たちのことに無関心になり、姉さんは大学生になった途端ほとんど家に寄り付かなくなった」

〝あの人〟というのはきっと母親のことだ。高井が〝私たち〟と言ったのは姉を含めた子供に母親は無関心になったということだろう。

遠山は一度だけ会った高井の母親の姿を思い出す。

——あの時はそれほど無関心で冷たいという感じはなかったけどな。

遠山がそう思ったとしても所詮は他人、一度しか会ったことがないのだから分からないのも当然だった。

遠山はどう答えていいのか分からず言葉を詰まらせた。そして高井はそれ以上、その話題に触れることはなかった。

「湿っぽい話をしてしまってごめんね。料理冷めちゃうから早く食べよ」

「そうだね。せっかくの美味しい料理が冷めちゃったら勿体ないもんな」

その後も遠山たちに会話はなく黙々と食べ続けた。しかし、遠山にとって会話がなくても居心地の良い時間だった。

「ふぅ、ごちそうさま。美味しかったよ」

「お茶淹れるからリビングで待ってて」

「洗い物は僕がやるよ」

「ううん、大丈夫。もう時間も遅いし佑希が帰ったら片付けるから」

「ああ！　本当だ。もう九時過ぎてる」

高井を抱いた後、食事の準備やらしていたせいで、いつもより遅くなってしまったようだ。

「佑希は時間大丈夫？」

「まあ、さっき夕飯はいらないって連絡入れたし、門限とか特にないから大丈夫だよ」

「そう……それでも早く帰った方がいいよ」

「うん、お茶を飲んだら帰るよ」

遠山はリビングに戻りソファーに腰掛け、テーブルから食器を片付けている高井を目で追った。

遠山は今までセックスするためだけに高井の家を訪れていた。今日も高井を抱いたのだから変わりがないとはいえ、その後、一緒に夕飯を食べてこうして寛いでいることを考えると、体育用具倉庫での一件は彼女と精神的な距離を縮めるキッカケになった。

あの一件で遠山と高井、上原三人の関係は一歩進んだが、より複雑になったのである。

「今日はご馳走さま。後片付け任せちゃって悪いね」

帰り支度を済ませた遠山は、高井に見送られ玄関を出ようとしていた。

「ううん、こっちこそ遅くまで付き合わせてごめんね」

「そんなことないよ。料理は美味しかったし、今日は……その……久しぶりだったし」

「うん……私も久しぶりで……よかった……」

何が、とは直接は言いにくかったが高井には伝わったようだ。

「佑希……」

高井はそっと目を瞑り、顎を持ち上げた。キスをして欲しいということだろう。玄関の一段高いところに立っている高井の顔が、ちょうど遠山の目の高さにあった。

「んっ……」

ここでスイッチが入ってしまうと未練が残ってしまうから、遠山はあえて高井の唇に軽く触れるくらいのキスをした。

「……帰り、気を付けてね」

高井は頬を赤らめ、物足りなそうな表情で遠山を見つめる。

「うん、明日のお弁当も楽しみにしてるよ」

後ろ髪を引かれる思いであった遠山だが、キリがないからと自分に言い聞かせ、高井に背を向け玄関の扉を開けようと手を伸ばした。すると、カチャリという解錠音がドアから響いた。

「ただいま——ってあれ？　どちら様？」

外から扉を開け、玄関に入ってきた女性は遠山を見て首を傾げた。遠山は突然の出来事にどうすることもできず、棒立ちでその女性を茫然と見つめていた。

「姉さん⁉　今日は帰ってこないんじゃ……」

「柚実、ここは私の家なんだから、そりゃ帰ってくるよ。っていうかこの子が例の彼氏かな？」

「あ、あの、僕は高井さんのクラスメイトで遠山と言います」

「私はそこにいる柚実の姉で伶奈っていうの。ピチピチの女子大生です！　よろしくね、遠山くん！」

「は、はい、よろしくお願いします」

伶奈と名乗った高井の姉は女子大生らしい大人びた美人だった。髪型はショートでスタイルは良く豊かなバストは遠山の目を惹いた。

「あら、遠山くん？　彼女の前で他の女に見惚れていたらダメじゃない？　柚実が悲しむよ？」

「あ、えと……ちょっと驚いただけで見惚れてたわけじゃ……」

「冗談よ、冗談。慌てちゃって遠山くん可愛いね。お姉さんちょっとキュンとしちゃった」

「姉さん！　なんで今日は帰ってきたのよ？　ほとんど帰ってこないくせに」

「さっきも言ったけど、ここは私の家だし帰ってくるのは当たり前じゃない？　そろそろ就職活動に本腰入れないといけないし、これからは毎日帰ってくるよ？」

「え……彼氏と同棲していたんじゃないの？」

「同棲してたわけじゃないし、彼氏なら別れたよ。忙しくなるからあまり会えないって言ったら何かしつこくなっちゃったし、ちょうどいい機会かなと思って」

伶奈の言葉に押し黙ってしまう高井。

「そういうわけだから、柚実よろしくね」

伶奈は高井と顔は似ているものの、性格は真逆でリア充のオーラを放っていた。明るくフレンドリーで、さぞかし男性にモテるであろうことは、遠山にも容易に想像できた。

——それにしても、高井があれほど感情的になるとは……姉と仲が悪いのだろうか？

珍しい高井の感情的な姿に、高井の家庭環境の複雑さを遠山は知ることになった。

「それじゃ、遅いので僕はそろそろ帰ります。お邪魔しました」

これ以上、自分がいても邪魔になるだけだと遠山は思い、伶奈に挨拶をした。

「はーい、遠山くんまた遊びに来てね。あ、そうだ！　次から柚実の部屋でエッチする時は気を付けなさい。物音で何をしているかバレバレだったわよ」

その言葉を聞いた遠山は、体中の血の気が引いていくのが分かった。

「な、なんのことでしょう……？」

高井は遠山との情事を聞かれていた恥ずかしさのあまり、首まで真っ赤に染めて俯(うつむ)いてしまう。

「隠さなくていいんだよ？　私が家に時々帰ってきていたのに、あなたたちが夢中で気付いてないだけで。まあ、柚実たちも年頃だから興味があるのも分かるし、とやかく言うつもりはないけどね。でも、避妊だけはちゃんとしなさい。ね、遠山くん？」

「は、はい……」

高井とセックスしている最中の音を伶奈に聞かれてしまい、それを指摘されるという恥ずかしいことこの上ない事態に、遠山は穴があったら入りたい気分だった。

「うん、よろしい、遠山くんそれじゃあね」

「お、お邪魔しました……失礼します」

玄関で靴を脱いだ伶奈はリビングへと消えていった。

「佑希、ごめんね……」

伶奈に知られていたことがよほどショックだったのか、高井は今にも泣き出しそうな表情だった。

「高井が謝ることはないよ。別にお姉さんに責められたわけでもないし」

「そうだけど……」

「でも、これから高井の家では自重しないといけないな……」

毎日いると言っていた以上、今後、高井の部屋でするのは難しいだろう。部屋に二人でいるだけで伶奈に勘繰られてしまうからだ。

「そうだね……」

久しぶりに遠山に抱かれ喜びを感じていた高井は、これから部屋に呼びにくくなったことで一気に奈落の底へと突き落とされた気分であった。

「それじゃあ僕は帰るよ……」

「うん……気を付けて帰ってね……」

「ああ、おやすみ」

遠山は挨拶もそこそこに高井の家を後にした。

第三話　初めての訪問

伶奈と初めて高井の家で顔を合わせてから二週間ほど経ったが、遠山はあれから一度も高井の家に足を運んではいなかった。

伶奈が家にいても気にせず、声を出さないようにすればいいのだろうが、さすがにそこまで大胆になる勇気が二人にはなかった。

放課後、高井が借りたい本があるから付き合ってほしいと言われ、図書室で本を借り終えた二人は帰宅するために駅へ向かって歩いていた。

「高井、あれからお姉さんは家にいるの？」

「うん、大学には行っているようだけど、夜には帰ってきて毎日家にいるよ」

「そっか……」

高井の家に行きにくくなったことで、遠山の気持ちにも少し影響が出ていた。

「……ねえ、今日佑希の家に行っていい？」

「え？　今から？」

「そう、佑希の家を一度見てみたくて」

――家には妹がいるはずだけど……まあいいか。

「うん、いいよ。妹がいるかもしれないけど」

「ありがとう。ワガママ言ってごめんなさい」

高井がなぜ家を見てみたいと言ったのか分からないが、妹に見られて困ることでもないので招待することにした。


「ここが佑希の家……」

高井は遠山の家を見つめ、なぜか感動していた。

「どうぞ入って。ちょっと散らかってるかもしれないけど」

「お、お邪魔します」

玄関を開け招き入れると高井は緊張した面持ちで、恐る恐る家の中に足を踏み入れた。

「お兄ちゃんお帰り！　って……誰⁉」

玄関からの物音を聞きつけた妹の菜希（なつき）が迎えに玄関に出向くと、遠山が知らない女性を連れていたことに驚きの声を上げた。

「同じクラスの友達だよ」

「は、はじめまして、クラスメイトの高井です」

遠山の紹介におずおずと自己紹介をする高井。

「お兄ちゃん……もしかして今、モテ期？」

確かに家に異性を連れてくるということは、単純な友達関係じゃないと思うのが普通だから菜希の言うことはもっともだ。

「菜希、まずは高井に挨拶しなさい」

「はじめまして遠山菜希です。お兄ちゃんがお世話になっています」

「は、はい、よろしくお願いします」

「ふーん……」

挨拶を終えた菜希は、高井のつま先から頭のてっぺんまでジロジロと舐めるように見回している。

「な、なにか……？」

その菜希の様子に高井が少しビクビクして怯えているようだ。

「お兄ちゃん……随分可愛い人を連れてきたね。胸は普通だけど……腰からお尻にかけては百点だよ」

何点満点中の百点なのかは分からないが、菜希の言うように高井は胸は普通サイズだが、腰からお尻にかけて色気があり、遠山が彼女の身体で好きな部位だった。

とはいえ、突然そんなことを言い出す菜希に遠山は慌てた。

「お、お前、何を言ってんだよ⁉　高井ゴメン、うちの妹ちょっと変わってるんだ」

この流れは菜希が上原に初めて会った時と同じで、遠山は既視感を覚えずにいられない。

「ふふ、面白い妹さんだね」

高井は特に気にしている様子もなく、遠山はホッと胸を撫で下ろした。

「面白いかな？　これってただのセクハラだと思うけど」

「佑希が言ったらセクハラだけど、可愛い妹さんなら大丈夫」

「菜希……お前なんか得してるな」

これが上原や相沢が言ってもセクハラっぽくなるので、やはり年下の女子であるということは、それ相応の強みであることが証明された瞬間である。

「そりゃ菜希は可愛いからね！　高井先輩は見る目がありますね」

「高井、あんまり褒めると菜希は調子に乗るから程々にお願いします」

「佑希は妹さんと仲が良いんだね……羨ましい」

「そうです！　お兄ちゃんと菜希は一緒に布団で寝ることがあるくらいは仲良しです！」

「菜希⁉　誤解されるようなこと言うんじゃない！」

「佑希……実の妹にまで手を出しているの……？」

「まで、って複数に手を出しているような言い方はやめて！　僕は高井にしか――」

危うく菜希の前で、高井に手を出していると言ってしまいそうになった遠山だが、ギリギリで言いかけた言葉を止めることができた。

「と、とにかく、高井は変な想像しないように。ちょっと僕は部屋を片付けてくるから高井はそこに座って待ってて」

見られて困るようなものは隠してあるので大丈夫だと思うが、部屋の確認のため高井に待ってもらうようにお願いした。

「菜希、高井に何か飲み物出してあげて。あと、誤解を解いておくように」

「はいはい。それでは高井先輩、菜希が美味(おい)しい紅茶を淹(い)れて差し上げます」

「あ、菜希さん、私に気を遣わなくていいからね」

「いえいえ、高井先輩はお兄ちゃんが初めて家に連れてきた女の子なので、お茶を飲みながら色々と聞かせてもらいますね」

「初めて……そうなんだ……嬉(うれ)しい……」

遠山が家に連れてきた初めての女性が自分と聞かされ、高井は頰(ほお)を緩ませた。

「高井先輩、どうぞ」

ティーカップにティープレスから紅茶を注ぐと、ふんわりと紅茶の芳醇(ほうじゅん)な香りがリビングに広がった。

「わ、いい香り……ティープレスまで使って本格的だね」

「でしょ？　菜希は紅茶が大好きで、ちゃんと自分で茶葉を選んで買ってきているんですよ」

「私も家で紅茶淹れる時はティープレス使ってみようかな」

「ティーバッグと違って香りだけじゃなく、味もシッカリ出るからティープレスはおススメです！　よかったら今度一緒に見に行きますか？」

「はい、その時はお願いします」

「じゃあ、メッセージ交換できるように連絡先登録しておきましょうか。高井先輩のスマホでこのQRコード読み込んでください」

　無事に連絡先の交換を済ませた菜希は、真剣な面持ちで高井に向き直った。

「それで……高井先輩はお兄ちゃんと付き合っているんですか？」

　唐突に投げ掛けられた質問に、高井はどう返事をしたらよいのか分からず言葉を詰まらせた。

「……わ、私と佑希は……別に恋人関係じゃない、よ」

「ふぅん……そうなんですか？　その割にはお兄ちゃんを下の名前で呼んだりして親しげですよね」

「そ、それは……なんとなくそっちの方が呼びやすいからそうなっただけで……」

　高井自身、遠山に好きとか言ったことも言われたこともなく、ただ流されてそのまま関係を続けていることを理解しているので、自分のことを恋人とか彼女などと言い出すことはできなかった。

「そうですか……じゃあ、お兄ちゃんの彼女はやっぱりあの人なのかな？」

「えっ？」

「朝、お兄ちゃんと一緒に通学すると、途中で合流して一緒に登校することが多いオッパイの大きい女子がいるんですよ。高井先輩が彼女だと思ったけど違うって言うし、オッパイ星人の態度を見ているとお兄ちゃんのことが好きだってバレバレだし、そうなのかなぁって」

「そ、そうなんだ……」

そのオッパイが大きい女子というのは、話を聞いただけで上原だということが分かり、高井は動揺した。

「でも、まだ付き合っている感じじゃないし……家に連れてきたこともないから、まだオッパイ星人の一方通行って感じかな？　でもお兄ちゃんも満更じゃなさそうだし……付き合うのも時間の問題かも？」

この菜希の話し方は、わざと高井を動揺させるような言い方だった。遠山と高井の関係がハッキリしないので、揺さぶりをかけて真実を炙(あぶ)り出す菜希の作戦であった。

「……」

菜希の話を黙って聞いていた高井も、このままでは遠山がいずれ上原に靡(なび)いてしまうのではないだろうかと危機感を抱いていた。

「だから、まだチャンスはあるかもしれないですよ？　高井先輩？」

菜希は明らかに高井に向けて、どうなんです？　と疑問を投げ掛けていた。

「わ、私は……そういうのじゃなくて……」

セフレという爛れた関係が、高井と遠山が恋人同士になるための足枷になっていた。

「高井先輩は分かりやすいですね。お兄ちゃんのこと好きなんでしょう？」

菜希の直球の問いに高井は無言で首肯した。もう自分の心に嘘を吐き続けることができなくなったのだ。

「じゃあ、負けないようにしないとですね。オッパイ星人って積極的だし本当に取られちゃいますよ？」

菜希のこの言葉に高井は思うことがあったのか、真剣な面持ちで何かを考えているようだった。

「高井、お待たせ。どうしたの？　二人して神妙な顔して？　あ、また菜希が失礼なことでも言った？」

高井と菜希が会話を交わさず、深刻そうな表情で黙っているのを見た遠山は、また妹が失礼なことを言ったのではないかと疑った。

「ううん、そんなことないよ。女の子同士のお話をしていただけだよ。ね？　菜希さん」

「そうだよ、菜希だって真面目な話できるんだよ。お兄ちゃんは菜希のこと何だと思ってるのさ。失礼しちゃう」

「わ、悪かったよ。菜希は良い子だよ。自慢の妹だ」

「よろしい」

ちょっと褒めただけで機嫌を直してしまう菜希を、チョロいなあと思いつつ、遠山は高井に目を向けた。

「高井、そろそろ僕の部屋に行く？」

「お兄ちゃん、部屋でエッチなことしたらダメだよ」

「し、しないって！　菜希は放っておいて、もう部屋に行こう」

実は高井と少しだけエッチなことができるかもしれないと期待していた遠山は、菜希に色々と見透かされているようでバツが悪くなり、さっさと部屋に退避することを選択した。

「ここが佑希の部屋……やっぱり本がたくさんあるね」

遠山の部屋に通された高井は、興味津々といった様子で周囲をキョロキョロと見回している。

「高井の部屋ほどじゃないけどね」

「佑希の持っている本の数とそんなに変わらないと思う」

「そうかなぁ？　明らかに高井の方が多いような気がするけど」

「……ねえ……エッチな本とかないの？」

「え？　そ、そんなのないよ。あったとしても高井が来るのに部屋に放置しておくわけがないじゃない。菜希も僕の部屋に出入りすることがあるんだから」

「可愛い妹さんにそういうのは見せたくないよね。お兄ちゃんのこと大好きみたいだから嫌われたくないだろうし」

「大好きっていうのはどうだろう……いつもベッタリでブラコン気味かなぁって思うことはあるけど……」

「妹さんはブラコンじゃないと思うよ。ただお兄さんのこと心配なだけだと思う。そういう佑希の方がシスコンっぽいよ」

「ええっ!?　それはないと思うんだけど……」

「佑希は妹さんに彼氏ができたら嫌？」

「考えたくはないけど……嫌だな。とりあえずそいつとは面接して彼氏として相応しいか判断する」

「うわぁ……やっぱり、佑希はシスコンだよ。妹さんはお兄さんに彼女ができたら喜んでお祝いするタイプだから、ブラコンじゃなくてお兄さんが好きで心配なだけだよ」

「そうなのかな……？」

「私もね……たぶんシスコンなんだと思うの」

高井、突然のカミングアウト。

「……どうしてそう思うの？」

「姉さんは小さい頃から何でもできて優秀で、すごく愛想が良くて可愛かったからみんなから好かれていたの。私と仲が良かった友達は、みんな姉さんに惹かれて私から離れていった。いつしか男子も女子も、姉さんと仲良くなりたい人ばかり私に言い寄ってくるようになった。もちろん姉さんに悪気はなかったし、私は子供の頃から今と変わらず暗かったから仕方がないことだけど……」

高井は姉に対して劣等感を抱いていたせいで、コンプレックスを感じるようになったということらしい。

「でも、今はそんなことないんでしょ？」

「姉さんとは小中高と同じ学校だったけど、歳が私と三つ離れていて中高の時は同時期に在学はしてなかったから、学校では姉さんの影響は特になかったけど……姉さんが高校生の頃になると友達や彼氏とか家に連れてきていつも賑やかだった。隣の姉さんの部屋から、その……彼氏としている声が聞こえたりして、家にいても落ち着かなかった。だから、図書室へ行って時間を潰すようになったの」

──そうか……高井が読書好きで図書室の住人なのには、そういう理由があったからなんだな……。

こうやって高井の幼少期からの話を聞いていると、読書好きというのは逃避から始まったというのが窺える。居場所を求めて辿り着いたのが図書室だったのだ。

「こんな話を聞かされても困るよね」

「そんなことはないよ。今まで高井のことは何も知らなかったけど、こうして色々と話してくれてより身近に感じるようになって、それがちょっと嬉しかった」

「でも、面白くもない話だったでしょう？　ただ姉さんに劣等感を抱いていた話なんて」

「それでもだよ。これでまた一つ高井を知ることができた。それだけで十分だよ。だからといって僕が高井に何かしてあげられるわけじゃないけど……」

遠山はありのままの本心を高井に語った。

「……今日、妹さんに紹介してもらえて、今まで見ることのなかった佑希に触れることができて私も嬉しかった。私はもっとあなたと触れ合いたい、そして知りたい」

高井は熱っぽい表情を遠山に向け、目を閉じた。遠山にキスを催促しているのがすぐに分かった。遠山はそれに応えるように高井の唇に顔を寄せた。

「高井……」

「お兄ちゃん！　紅茶淹れてきたよ！」

高井の唇に触れたか触れないかのタイミングでノックもせず、菜希が部屋のドアを開け放った。

「な、菜希!? 部屋に入る前にノックしてって言ってたと思うけど！」

「あーゴメンねーっていうか……今、チューしようとしてなかった？ エッチ禁止って言ったと思うけど？」

どうやらキスをしようとしていたところを、バッチリ見られていたようだ。

「そ、そんなことしてないよ？ なあ高井？」

「う、うん……菜希さん、私たちは何もしてないからね」

「まあ……高井先輩がそう言うなら……信用しましょう。でもさ……二人って付き合ってないんだよね？ その割に、ずーいぶんと親密そうな雰囲気を醸し出していたよね」

「た、たぶん菜希の気のせいだ」

高井とは友達以上の関係だということが、もう菜希にはバレているようだが、このまま誤魔化(ごまか)し続けることにした。

「まあ、色々と事情があるようだし、これ以上は聞かないことにしてあげる」

「そうしてもらえると助かる」

「じゃあ、高井先輩もゆっくりしていってね」

菜希はニヤニヤとしながら部屋を出ていった。そこまで気を使うなら放っておいてほしかったと思う遠山だった。

「やっぱ、僕の部屋でも無理みたいだな」

「……だね」

もちろん最後までできるわけがないのは分かっていたが、イチャイチャするくらいはできるかと期待していた二人は、少し残念そうに苦笑した。

「妹さん、やっぱりお兄さんのことが気になるんだよ。さっきのブラコンじゃないって言ったのは取り消すね。やっぱり妹さんブラコンかもね……ふふ」

「喜んでいいのか分からないなぁ」

「喜んでもいいんじゃないかな？　シスコンのお兄さん！」

高井は心底楽しそうに微笑んだ。

遠山の部屋で過ごした高井が帰宅する時間になり、二人で玄関に向かうと菜希が待ち構えていた。

「高井先輩、もう帰るんですか？　もう少ししたらお母さんたち帰ってくるから、それまでいてもいいんですよ？　むしろ夕飯食べていってください」

「菜希、無茶言うなよ。高井も家でやることがあるんだから」

「夕飯までご馳走になるのは申し訳ないし、私も帰って夕飯の準備があるから帰らないといけないの」

「高井先輩が夕飯を作るんですか？」

「うん。最近は姉も家にいるから、交互で炊事はやっているけど」

「そうなんですね。今度、高井先輩の作った料理食べてみたいです」

菜希は遠山が部屋の片付けをしていた僅かな時間で高井と仲良くなったようで、夕飯に誘ったり手作りの料理を食べたいとか言い出し懐いているようだった。

「菜希、だいぶ高井と仲良くなったようだけど、困らせるなよ」

「えーお兄ちゃんは高井先輩の手料理を食べたいとは思わないの？」

「いや、まあ食べたいとは思うけど……（っていうか食べたことあるし）」

「え？　お兄ちゃん今なんて？」

ついウッカリ食べたことがあるとボソッと呟いたのが、少し聞こえていたようだ。

「い、いや何でもない。菜希が色々と言ってるけど、高井は話半分で聞いてればいいから」

「ちょっとお兄ちゃんひどーい！　可愛い妹に優しくすることを要求します！」

「高井、いつものことだから菜希のことはホント気にしないで、帰っても大丈夫だから」

菜希は遠山と二人きりの時と同じように振る舞っていた。他人がいる時に少しは皮をかぶる菜希だが、かぶる必要がないくらい高井と仲良くなったのかもしれない。菜希がこのように振る舞うのは上原と沖田の前だけだ。

「本当に仲の良い兄妹だね……羨ましい……」

高井も本当はお姉さんと仲良くしたいのかもしれないが、過去の出来事やコンプレックスからそう簡単にいかないのだろう。

「高井先輩！　今日は無理みたいですけど、今度は夕飯食べていってくださいね！」

「菜希さん、今日はありがとうございました」

「うん、またね！　あ、次からは〝さん〟なんて付けないで呼び捨てでいいし、敬語もいらないですからね！」

「うん、分かった。菜希ちゃん、また遊びに来るね」

遠山は駅まで送っていくと言ったが、まだ日は落ちていないし大丈夫だからと高井に断られた。

高井は二人に挨拶をし、遠山家を後にした。

「お兄ちゃん、高井先輩可愛くて良い人だったね」

玄関の外で見送ったあと、リビングに戻った菜希は高井の印象を語った。

「そうだな……」

「それで……オッパ――じゃなくて上原先輩と高井先輩のどっちなの？」

菜希は高井と上原、どちらを選ぶのか単刀直入に聞いてきた。

「……分からない」

「はっ⁉　つまりどっちも好きってこと？」

「まあ、そういうことになるのかもしれないな……」

「はあぁぁっ⁉　それって優柔不断っていうより最悪だよね。そりゃ二人とも性格は良いし、可愛いから選べないのは痛いほど分かるけど……このままだと二股掛けている最低の男じゃん」

菜希の意見に反論する余地もなかった。高井とは肉体関係があるが上原とはまだ何もないのが救いだった。とはいえ、二人を天秤（てんびん）に掛けているのには間違いがなく、最低なのは変わらない。

「まあ、最低だというのは自覚してるんだけどね……選べないものは選べないんだ」

「さっきさ、お兄ちゃん誤魔化していたけど、部屋でキスしようとしてたよね？　高井先輩とはもうしているんだよね？」

部屋で高井とキスをしようとしていたのは、やはりバレていたようだ。

「ま、まあキスくらいは」

「そ、そうなんだ……じゃあ上原先輩とは？」

「いや……上原さんとは何もして――あ……そういえば、ほっぺにキスされた」

「う、うーん……判断が難しいけど……二人で合意してキスしているなら高井先輩で決まりじゃん」

「そんな簡単な問題でもないんだよ」

「そうなの!? キスまでしているのに決められないとか、菜希には分かんないよ！」

「もう少し大人になったら菜希にも分かるかもしれないよ」

「結局どっちも選べませんでした。二人にも振られました、なんて未来もありそう……」

「不吉なこと言うなよ……」

「でも、優柔不断な自分のせいじゃない？」

「まあ、そうだけどさ……」

「私はお兄ちゃん本人じゃないから分からないけど……後悔のないように選んでね。二人と同時に付き合うことはできないんだよ？」

世間一般の常識では菜希の言うことはもっともである。しかし遠山と高井、上原の三人はその常識の枠からはみ出そうとしている。しかし、当の三人はそれを自覚してはいなかった。

「ああ、分かってる……」

そう、結局のところ外野がなんて言おうが決断するのは自分しかいないのだから。

第四話　高井伶奈はおふざけが過ぎる

I am boring, but my classmates do not know what I am doing in your room.

遠山は学校の帰りに反省堂で買い物を終え、お店を出て駅に向かおうとしていた。

「あれ？　……この前家に来ていた柚実の……遠山くん!?」

駅前に買い物に来ていた伶奈は大きな建物の本屋から出てきた遠山に声を掛けた。

「え？　あ、高井のお姉さん？」

「あ、やっぱりそうだ！　やっほー元気にしてた？　あれ以来、家に来ないからどうしちゃったのかと思って心配したよー？」

「まあ……色々と忙しかったので……」

そう言ってはみるものの、実際のところ高井の部屋でシていたことが伶奈に知られていたので、ただ単に行きにくくなっていただけであった。

「ああ！　もしかしてあのことを気にしてる？」

「あ、あのことって？」

「ほら、柚実の部屋でエッチ――」

伶奈が何を言おうとしているのかを遠山は何となく察していたが、まさか、そこまで直接的なことを言おうとしているとは思わなかったため、慌てて彼女の言葉を遮った。

「うわぁっっ！　ちょ、ちょっと！　お姉さん、天下の公道でなに言ってんすか」

「別に恥ずかしがることじゃないよ？　若いんだから仕方ないことだしね！」

「いや……そういう問題じゃないでしょう⁉」

「遠山くんは随分と恥ずかしがり屋さんなんだね」

「たぶん普通の人は恥ずかしいと思いますよ。お姉さんが特殊なんだと思います」

「ああ！　そういえば遠山くんの下の名前聞いてなかったね。何ていうの？」

「また、唐突に話題が変えますね！」

どこか微妙に噛み合わないのは、遠山が相手のペースに呑まれているからだろう。

「冷静に突っ込んでくれてありがとう！　それで、下のお名前は？」

「はぁ……佑希です」

「遠山佑希くん。うん、いい名前だね」

「それにしても……お姉さんは僕とまだ二回しか会ったことないのに、随分と距離感がバグってますね」

会ったのが二回目とは思えないくらいフレンドリーに接してくる伶奈に、遠山は面食らっていた。

「そうかな？　でも仲良くなれるなら早い方がいいでしょう？　対人関係を築くのに時間

をかけるのは無駄だわ。合わない人はいくら時間をかけても合わないんだから。その点、遠山くんは私と相性良さそう。さすが柚実と相性が良いだけあるね」

コミュニケーションについて語っている伶奈の理屈は、なぜかもっともらしく聞こえるから不思議だ。これも相手のペースに飲まれているからだろうか。遠山はどことなく伶奈にコントロールされているような気がしていた。

「お姉さんと相性が良いかどうか、僕にはまだ分からないんですが……」

「いや、絶対に私と相性良いよ。お姉さんこういうの外れたことないんだから！　きっと身体の相性も——」

「わぁーっ！　わぁーっ！　だから場所を考えて発言してください！」

伶奈に特大の爆弾を投げ込まれた遠山は、彼女が一体何を考えているのかサッパリ理解できず混乱する。

「仕方ないなぁ……落ち着く場所でお話ししましょうか？」

そんなパニックになる遠山を横目に、伶奈は別の場所で話そうと提案してきた。

「え？　これからですか？」

「そう、柚実のことも聞きたいし……遠山くんは時間大丈夫？」

「まあ、夕飯までに帰ればいいので大丈夫ですよ」

「じゃ、決まりね！　そこのカフェでお茶でもしていきましょう」

こうして高井の姉と遠山はなぜかお茶をすることとなった。

反省堂の目の前にあったチェーン店のカフェに遠山と伶奈は入店した。

「お姉さんが奢ってあげるから好きなもの頼んでいいよ！」

「じゃあ、遠慮なく……ホットコーヒーで」

「ええっ⁉　キャラメルマキアートとかフラペチーノとか、もっと豪勢なもの頼んでいいんだよ？」

「いえ、ブラックのコーヒーが飲みたいので大丈夫です」

いちいち大げさな伶奈に対して遠山は、フラットな態度で接しようと心に決めた。

「遠山くん、若いのに随分と落ち着いているのね」

フラットな態度が落ち着いているように伶奈は感じたようだ。

「若いってお姉さんと三つしか変わらないですよね？」

「あら？　私の歳は柚実に聞いたの？」

「はい、この前少し話を聞く機会があったので」

「それで柚実は私のことをなんて？」

「お姉さんのことを高井がどう思っているのか、知りたいんですか？」

これは遠山にしてみれば意外であった。伶奈はあまり妹に対して興味がないものだとばかり思っていたからだ。

「そうだね……最近家で顔を合わすことが多くなったけど。あの子あまり私と話したがらないから」

高井に聞かされた姉の話を思い出してみると、伶奈のことを嫌っているのではないことは分かっている。高井が伶奈に感じているコンプレックスが、姉を避けている要因なんだろう。

「そうですか……他人の僕が高井の話したことを、勝手に解釈して伝えることはできないですが、一つだけ……『私はシスコンなのかもしれない』、高井はそう言ってました。後はお姉さんが本人に直接聞いてください」

遠山は他人である自分が、他所さまの家庭の事情に口を挟むことは避けたかった。所詮は他人事であり余計なお世話になりかねないからだ。しかし、キッカケを作るだけならば、と遠山は少しだけ高井の心情を代弁した。

「そう……柚実はそんな風に思っていたのね……遠山くんありがとう。それだけ分かれば十分よ」

「たったそれだけで分かったんですか？」

「ええ、私たち家族だからね」

「なら良かったです。高井も色々と思うところがあるようですけど、大切にしてあげてください」

「もちろんよ。私は柚実が大好きだし、大切にしているわ」

「でも、伝わってないみたいですよ？」

そう、伝わっていれば高井は今のようにはならなかったのかもしれない。だが、伝わっていれば遠山との縁もなかったのかもしれない、そう思うと複雑な気持ちになった。

「そうね……これから時間をかけて伝えていこうと思っている。遠山くんも協力してね」

「僕ですか？」

「柚実はあなたには心を開いているみたいだから」

「そうですかね？」

「そうよ。そうじゃなきゃ柚実が自分のことを他人に話すわけがないもの」

「でも、実際に僕が何かをできるとも思えないですけど」

「今まで通り柚実と仲良くしてくれていればそれで十分よ」

「今まで通りに、ですか……」

「あら？　なにか問題でも？」

怜奈は遠山のことを恋人とでも思っているだろう。だが実際には恋人同士ではない。だから今まで通りに接するということは、高井のためにはならないことだった。

「いえ……」

「それで、柚実と遠山くんの馴れ初めを聞かせてほしいな。柚実から告白したの？　それとも遠山くん？」

「いや……なんというか……その……」

高井と遠山の関係のことは、何を聞かれても答えに困るだけだった。

「ああ、そっか！　分かる、分かるよ！　なんとなく仲良くしていたら、そのまま勢いでって感じでしょ？　それで、最初の時はどっちから誘ったの？　遠山くん？」

「え、いや……僕じゃなくて……」

「柚実から誘ったの!?　我が妹ながら大胆ね～」

最初にセックスをした時に誘ってきたのは確かに高井からだったので、あながち間違ってはいない。よく考えると高井はなぜあの時に遠山を誘ったのか、未だに分からない。

「あの……お姉さん、随分とオープンな性格していますね。普通、そういう話って避けません？」

「ええっー？　だって男女の付き合いにセックスはつきも――」

「だからっ！　ここお店の中ですよ!?　いきなり何てこと言い出すんですか!?　お姉さんオープン過ぎでしょう？」

「でも、身体の相性は大事だよ？」

「そ、それは分かりますけど……」

「分かるんだ？　それは誰かと柚実を比べてなの？」

「え？　比べることはできないです……ぼ、僕は……高井しか……知りませんので」

「そっかそっか……それはよかった。これからも私はそうであってほしいと思うよ」

「はい……」

姉としては大事な妹が、他の女性と天秤に掛けられている状況など望むはずもない。だから、遠山の今の状況はすでに伶奈を裏切っていることになる。

「さて……そろそろ帰ろっか。長い時間引き止めちゃ悪いからね」

「そうですね。そろそろ、うちも夕飯の時間なので」

会計を済ませ、別々の路線で帰る遠山と伶奈は、店を出たところでお別れすることになった。

「ごちそうさまでした」

「いいのよ。また話聞かせてね」

「遠山⁉」

挨拶を済ませ、お互いに利用する駅に向かおうとしたところ、遠山は唐突に名前を呼ばれた。

「上原さん⁉　それに相沢さんまで」

振り返るとそこには制服姿の上原と相沢の姿があった。

放課後に買い物をするからと、上原と相沢に誘われたが、ゆっくり本屋で買い物がしたかった遠山は、二人の誘いを断っていたのを思い出した。

上原と相沢も買い物の途中で偶然、遠山と出くわしたようだ。

「あら？　遠山くん、そちらの可愛いらしいお二人はどちら様？」

「二人とも僕のクラスメイトです。高井の友達でもあります」

「柚実のお友達！」

高井の友達と聞いた伶奈は嬉しそうに目を輝かせた。

「遠山……そちらの女性は……？」

上原が何かを心配するような表情で遠山に声を掛ける。

「上原さん、この人は高井のお姉さんだよ」

「高井柚実の姉で伶奈です。よろしくね」

「お、お姉さん!?　わ、私は上原といいます。よろしくお願いします」

「上原さん、下の名前伺ってもいい？」

「あ、はい、麻里花です」

「私は相沢美香です。よろしくお願いします」

「麻里花ちゃんに美香ちゃんね。私のことは伶奈って呼んで」

「あの……伶奈さんはどうして遠山と一緒にいるんですか……？」

伶奈と遠山がどういう関係なのか、上原は気になるようだ。

「私と佑希はねぇ……ちょっとした知り合いなの！」

それを察したのか伶奈は、遠山のことをわざと下の名前で呼び、上原に見せつけるように腕を組んだ。

「ちょ、ちょっといきなり何してるんですか⁉」

突然、伶奈に腕を組まれた遠山は動揺を隠せなかった。

「佑希、いいじゃない私たちの仲なんだし、腕を組むくらい、ね？」

「ね？　じゃないですよ？　誤解されたらどうするんですか？」

「あら？　誰に誤解されたくないのかなぁ」

遠山を揶揄って楽しんでいる伶奈は、明らかに上原を意識しているのが分かる。上原の様子から遠山とどういう関係か窺っているように見えた。

「お、お姉さん⁉　あんまり押し付けないでください！」

上原に匹敵するサイズの胸を押し付けてくる伶奈は、腕を絡め遠山を逃がさないようにしている。

「ちょ、ちょっと遠山！　胸を押し付けられて、なにデレデレしてるのよ！　伶奈さんもやり過ぎです！」

必死に伶奈を引き離そうとしていたが、上原には遠山が喜んでいるように見えたようだ。

「あらあら、麻里花ちゃんヤキモチ焼いてるのかなぁ？　可愛いね」

「や、ヤキモチなんて焼いてません！」

「え？　なにこの状況……ちょ、ちょっとアンタたち、恥ずかしいからやめなさい！」

一人だけ蚊帳の外で、このおかしな状況を傍観していた相沢が、周囲からの好奇な視線に耐え兼ね止めようとする。

「佑希、モテるわね〜私が見込んだだけのことはあるかなぁ」

何を見込まれたのかは分からないが、伶奈には遠山がモテていると受け取ったようだ。

「お姉さん悪ふざけも大概にしてくださいよ、ホント」

「麻里花ちゃんが可愛くて、ついね。うふふ」

だからといってTPOを弁えないのは、大学生としてどうかと思う遠山であった。

「お姉さん周り見てくださいよ。メチャ注目集めてますよ？」

「まあ、これだけ可愛い女子が三人も集まれば当然よね〜」

さすがに美女三人に冴えない男子一人が囲まれている状況は、目立ち過ぎる上に人目を引いていた。

「これ以上目立ちたくないし、僕はもう帰りますよ」

呆れた遠山が伶奈の腕を振り払おうとするが伶奈は離すまいと、より腕に力を入れ遠山に密着してくる。

「（柚実のライバルは麻里花ちゃんなのかな？）」

帰ろうとする遠山の耳元で、伶奈は小さく呟いた。

――っ!?

「佑希じゃあね。今日は楽しかったよ。麻里花ちゃんも美香ちゃんもまたね」

伶奈は挨拶もそこそこに、三人の前から立ち去っていった。

ふざけているとしか思えない伶奈だが、周囲をよく観察していて上原のこともお見通しのようだ。

「あれが高井さんのお姉さんなの？　妹の高井さんとはまったく正反対だね」

上原が驚きの声を上げた。

「あの人、怖いね。ふざけているように見えるけど全部分かってやっている感じ」

相沢は冷静に伶奈という人物を分析していた。

伶奈の行動は全て計算ずくで、周囲の人間をコントロールする術を心得た彼女に、遠山と相沢は末恐ろしいものを感じずにはいられなかった。

「腕を組むのはまだしも、む、胸を押し付けるのはやり過ぎ！　遠山も嬉しそうにしちゃって……」

実際に伶奈の胸の柔らかい感触に、遠山は悪い気がしていなかったのは間違いなかった。

「麻里花も遠山に腕組んだりオッパイ押し付けたり、よくやっているじゃない？」

「あ、あれは遠山が全然私のこと意識してくれないから……」

学校でのスキンシップは、遠山に対するアプローチであることを上原は白状してしまう。

「麻里花はああ言っているけど？」

上原のアプローチに対して、どう思っているのか興味があった相沢は、遠山に話を振った。

「意識してないってことはないけど……」

努めて意識しないようにしているだけで、遠山はなにも感じていないわけではなかった。

上原のような可愛くて性格の良い女子にアプローチをされて、意識しない男子などいないだろう。

「ふーん……意識してくれてるんだ……なら……お姉さんにデレデレしてたのは許してあげる」

「あ、ありがとう……」

浮気をした遠山が、それを彼女に許してもらっているような構図になっていた。

「遠山もだんだんと麻里花の尻に敷かれるようになってきたね」

「う……」

相沢の指摘に自覚があるのか、反論できない遠山であった。

「上原さん、クラスのみんなが見てる前ではそういうの自重してくれると助かるんだけど？」

「見てないところだったらいいの⁉」

何か勘違いをさせてしまったのか、上原は学校の外でならスキンシップをしてもよい、と解釈したようだ。

「いや……そういう意味で言ったわけじゃないけど……」

「でも、人が見てなければいいんでしょう？」

「そうじゃなくて、あんまり腕組んだりされると……その……」

「その？」

「麻里花、察してあげなよ？　男子には刺激が強いってことだよ」

腕を組んだり胸を押し付けられると、高井との行為で多少は慣れている遠山でも、変な気分になってしまうということだ。それを察した相沢が代弁してくれた。

「あ、あぁっ！　と、遠山そうなの……？　も、もし、そういう気分になったら言ってくれれば……その……ね？」

上原は頬（ほお）を赤く染め、恥ずかしそうに俯（うつむ）きながら上目遣いに遠山を見つめる。

「上原さん……」

恥じらうその姿に見惚（みと）れてしまった遠山は、相沢がいるのを忘れ、上原と二人の世界を作っていた。

「ゴホンゴホン！　あーお二人とも？　こんなところでイチャつくのはやめてもらえますかね？」

「あ……」

「相沢さんごめんなさい……」

相沢の一言で我に返った二人はバツが悪そうにしている。

「はぁ……遠山、もう帰るんでしょう？　私たちも帰るから駅まで一緒に行きましょ」

「あ、もうこんな時間か……上原さん帰ろうか」

「うん、そうだね、帰ろっか」

なんとなく気恥ずかしい雰囲気になってしまい、今日はそのままお開きになり、三人はそれぞれ帰途についた。

第五話　満たされない心は暴走を始める

I am boring, but my classmates do not know what I am doing in your room.

放課後の図書室の閉館時間が過ぎ、遠山は図書室にある別室の司書室で、古い本や資料の整理をしていた。

「この辺の古い本とかどうするんだろうな」

新刊が入れば古い本と入れ替え、その本は別室で保管される。遠山はその古い本が保管されている司書室で本に埋もれ作業していた。

作業に集中し始めた頃、カチャリという音が聞こえたドアの方に目を向けると、先ほどまで図書室にいた女子生徒が部屋に入ってきた。

「高井？　もう帰ったのかと思ったけど忘れ物でもした？」

図書室を閉めるギリギリまで残っていた高井に、帰り際に『一緒に帰ろう』と誘われたが、業務が残っているからと遠山は断っていた。

そのまま帰ったと思っていた高井がなぜか戻ってきたようだ。

「ううん、佑希の手伝いをしようと思って」

「え？　図書委員でもないのに、この作業まで高井に手伝ってもらうのは申し訳ないよ」

「気にしないで。私が手伝いたいと思っただけ」

本に触れるのが好きだからと最近は手伝ってくれるようになったが、以前はそんなことはなかった。

どういう心境の変化だろうか？

「そう……じゃあ、手伝ってもらえるかな？」

「うん！」

遠山がお願いすると高井は普段は見せないような笑顔を浮かべた。

その笑顔に遠山は不覚にもドキッとしてしまう。普段はほぼ無表情である高井の笑顔は、遠山ですらあまり見たことがない。

「じゃあ、僕が本のタイトルを読み上げるから、そのリストにチェックしていってくれるかな？」

「うん、分かった」

本の整理を始めた遠山と高井は、次々と作業をこなしていく。二人でやると倍以上のペースで作業が進んだ。やはり図書委員は二人必要だな、と遠山は思う。

「高井が手伝ってくれているから早く終わりそうだ。ホント助かるよ」

「よかった。懐かしい本や知らないタイトルの本が見られて楽しい」

無理して手伝ってもらっているわけではないが、多少申し訳なさを感じていた遠山は、その言葉を聞いて少し心が軽くなった。

「ほら、この本懐かしい」

その本は初めて高井の部屋に行った時に、彼女から借りたタイトルだった。

「ああ、本当だ……人気があって、なかなか借りられなかったんだよな」

高井が手にした本は当時、人気があったタイトルでいつも貸し出し中だった。もっと入れてほしいとリクエストがあり、宮本（みやもと）先生が複数冊購入してくれたのだ。今は貸し出しが落ち着いたので、一冊だけ棚に並べて残りは別で保管している。

「うん、この本は佑希と私を繋（つな）いだ思い出の本なの……」

そう言って高井は遠山を見つめた。

「その……どうしてあの時、僕を誘ったの？」

本を貸すから家まで取りに来て、と高井が誘ってきた。そして高井の部屋に上がらせてもらった。もちろん、その時、遠山は本だけ借りて帰るつもりだった。

『セックスしない？』

高井の口から出た言葉。最初は揶揄（からか）っているのかと思ったがそうではなかった。

そして二人は初めてその日セックスをした。

「それは――」

高井は口に出そうとした言葉を途中で止めた。その様子から言うか言うまいか迷っているようだった。

「無理に言わなく——」

「嬉しかったから」

遠山の言葉に重ねるように高井が言葉を重ねた。

「嬉しかった？」

「そう、教室でも家でも、毎日空気のように過ごしていた私を佑希は見つけてくれた。一人の人間として接してくれて嬉しかった」

高井は一体何を言っているのだろう？　遠山が理解するのは難しかった。図書室でも遠山の視界には入っていたし会話もしていた。その存在は空気なんてことはなく、高井という人間は確かにそこにいた。

「ごめん、高井が何を言ってるのか分からない」

「分からなくてもいい。でも、私には大事なこと」

「そう……でも、高井が毎日図書室の同じ席に座っているのも知っていたし、どんな本が好きなのかも知ってた。だから……僕の視界には毎日、高井の姿が映っていたし、空気なんてことなかった」

「佑希は空気だった私を見つけてくれて、形のある存在にしてくれた」

遠山の言葉に高井は頬を染め俯いた。その姿は図書室で遠山が、初めて会話をした時の高井の姿と重なった。

「高井の部屋に呼ばれた時は緊張したよ。入っていいのかなって」

「うん、女の子の部屋に入って、私のことを意識しているのは気付いていた。佑希が人として、女性として、私のことをちゃんと見てくれていたのは分かったの。そして……私を必要としているのか知りたかった。だから……」

「だから、高井は初めてだったのに、僕とあんなことをしたの？」

「そう、それからもずっと佑希は私を必要として求めてくれる。ねえ？　佑希は今も私が必要？　欲しい？　望むなら私は何でもしてあげる」

高井は最初の時と同じように、自分で制服のリボンを解き始めた。

「高井……」

大きく開いたブラウスから覗く胸の谷間と下着を目の当たりにし、遠山の理性は崩れ始める。

ブラウスから覗く光景に釘付けになった遠山に、高井はその身体を寄せた。

少し汗ばんでいるのか、いつも以上に高井から女性らしい良い匂いを感じた遠山は、身動きできなくなる。

——あの時みたいに流されてしまう……ここは学校だぞ。

学校の図書室でこんな行為が見つかったら、停学では済まないかもしれない。いけないと頭で分かっていても、遠山の身体はそれを拒否することができなかった。

「遠山くんいる？」

――っ!?

図書室の扉を開ける音が響いたと同時に、宮本先生の遠山を呼ぶ声が二人のいる司書室にまで聞こえてきた。

このままドアを開けられてしまうと、衣服の乱れた高井が見つかってしまう。言い訳はできないだろう。司書室に宮本先生が来る前に、遠山は自分から部屋を出て後ろ手にドアを閉めた。

「み、宮本先生、お疲れさまです」

「遠山くん、整理は終わった？」

「あ、あと少しで終わります」

「そう、もう遅いから私が続きをやりましょうか？」

「い、いえ、宮本先生に引き継ぎする時間があれば終わるので、自分で最後までやります」

「そう……ならお願いしようかしら」

宮本先生は一瞬悩む素振りを見せたが、遠山に任せることにしたようだ。

「は、はい！　任せてください」

「じゃあ、私は業務が残っているから職員室に戻るわね。終わったら鍵を掛けて忘れずに持ってきて」

「分かりました」

宮本先生は司書室までは確認せずに図書室を出ていった。

「はあぁっ……」

遠山は大きくため息を吐き、その場にへたり込んだ。

――バ、バレるかと思った……

遠山は額に脂汗を滲ませ安堵の表情を浮かべた。

――そうだ、早く高井には図書室から出ていってもらわないと。

「高井、外には誰もいないから今のうちに出――んんっ!?」

司書室のドアを開け、高井に声を掛けながら入った途端、突然抱き付いてきた高井の唇で遠山の口が塞がれた。

高井は制服の乱れも直さず、ブラウスの胸元は大きく開けたままだった。

「ぷぁっ……佑希……ドキドキしたね……」

見つかってしまうかもしれないという状況で、唇を離した高井は恍惚の表情を浮かべていた。

「た、高井、今はこんなことしてる場合じゃ……」

「今度、続きしようね」

高井は乱れた衣服を整え図書室を出ていった。

——一体最近の高井はどうしたっていうんだ？

積極的なだけでなく、避妊せずにしようとしたり、学校内で誘ってきたりと、高井の行動は危険な綱渡りを始めているようにしか遠山には見えなかった。

遠山を求める理由が承認欲求からくるものならば、歪んだものと言わざるをえないだろう。

◇

昼休み、遠山の周りには、いつものメンバーが各々の弁当を持ち寄り集まっていた。

「遠山、はいお弁当持ってきたよ」

遠山が上原のお弁当を褒めて以来、手作り弁当を週二回くらい作ってくるようになっていた。

「いつも作ってきてくれて嬉しいんだけど、材料費も払ってないし、なんか申し訳ないんだけど」

さすがに何回もタダで作ってもらうのは気が引けるので、お金を払うと言ったが上原に断られていた。

「いいの、料理の練習だから遠山は気にしないでいいよ」

こう言ってはいるが、実際には遠山のために上原は朝早く起きて、お弁当を作ってきていた。

「とは言ってもなぁ……上原さん何か欲しいものある？　お返ししないと何となく落ち着かないんだけど……」

厚意に甘えてばかりでは申し訳ないと感じている遠山は、何かお返しをしたいと申し出た。

「うーん……欲しいものってすぐには思い付かないかなぁ……あ、そうだ！　今度、休みの日に買い物付き合ってよ。その時に一緒に選んでほしいな」

「わ、分かった……それでよければ……あまりお金がないから高いものは無理だよ」

「遠山からのプレゼントなら何でも嬉しいよ」

そう言って上原は顔を綻ばせた。

「よう、お二人さん！　昼休みに見せつけてくれるねぇ」

「お、奥山くん!?　そんなんじゃないって……」

遠山たちの会話に割って入ってきたのは奥山だ。彼女の小嶋理絵も一緒だ。

奥山と小嶋は時々こうして遠山たちの輪に加わり、話をすることが最近増えてきた。

「遠山、照れるなよ、上原さんに手作り弁当作ってもらえるなんて幸せ者だな。他の男子の嫉妬の的になりそうだけど。っていうか今も注目されてるけどな」

「僕はあんまり目立ちたくないんだけどね……」

「遠山……ちょっとあっちに行って話を聞かせてもらおうか」

　奥山は上原に聞かれないように遠山の肩を組み、半ば強制的に少し離れた場所まで移動した。

「それで、上原さんとは上手（うま）くいってるんだろ？　お弁当とか作ってもらっているくらいだし」

「僕と上原さんはそういうんじゃないし……料理の練習台になっているような感じだよ」

「そんなわけあるかよ。女子が男子にお弁当作ってくるなんて、相手に喜んでもらいたいからに決まってるだろ」

「……」

　上原の気持ちに気付いている遠山にはそれ以上、奥山の言葉を否定することができずに黙ってしまう。

　もう一方の上原と小嶋も、遠山たちと同じような会話を繰り広げていた。

「それで麻里花（まりか）はどうなの？　クラス内では遠山とカップルとして認定されつつあるけど？」

「ええっ!?　私と遠山はクラスでそんな風に思われてるの？　私たち付き合ったりしてないよ」

「麻里花が熱心にお弁当作ったりしているのに、遠山はまだ落ちないんだ」

「落ちないって……お弁当は私の一方的な押し付けだし……遠山には迷惑かなぁって」

「どうだろうね……あそこで男二人、なにやらコソコソ話しているから、何を話しているのかちょっと聞いてくる」

「え？　わざわざ聞きに行かなくても……」

「でも、麻里花も気になるでしょう？　翔太と遠山くんが何を話しているか」

「まあ……気になるけどさ……」

「じゃあ、ちょっと行ってくるよ」

小嶋はコソコソと話している遠山と奥山、二人のもとへと駆け寄った。

「二人して内緒話？　私も混ぜてほしいな」

「今は男同士の話してるから理絵はダメだ」

冷やかしで聞きに来たと思っているのか、奥山は小嶋のお願いを断った。

「でも、麻里花も聞きたいって言っていたよ」

遠山が自分のことをどう思っているのか、知りたいであろう上原の本心を小嶋は代弁した。

「……上原さんが知りたいって言ってるらしいけど、遠山どうなんだ？」

「知りたいって……何を？」

「そりゃ決まってるだろ、遠山が上原さんのことをどう思ってるかだろ？」

遠山と上原、高井の複雑な事情を知らない奥山と小嶋は特に悪意はなく、本心で二人に上手くいってもらいたいのだろう。必要以上におせっかいを焼いてくる。

「それは……」

「佑希、ちょっといい？」

遠山が答えに詰まっていると、高井が三人の会話に突然割り込んできた。

「た、高井？」

「奥山くん、小嶋さん、話しているところごめんなさい」

「い、いや、別に構わないよ」

奥山はどことなく不機嫌そうな雰囲気を高井に感じた。

「た、高井、どうしたの？」

上原のことを話していた遠山は、急に高井が割り込んできたことで動揺を隠せなかった。

「放課後、本屋に付き合ってほしいの」

「本屋？　あ、ああ……別に用事はないからいいよ」

「ありがとう。じゃあ、放課後に」

「あ、高井さん待って！」

用件だけ告げて立ち去ろうとした高井を奥山が引き止めた。

「奥山くん、なに？」

「本屋、俺たちも一緒に行っていい？」

奥山はなんと自分たちも行くと言い出したのだ。

「ええ!? 翔太、邪魔しちゃ悪いよ」

高井が個人的に遠山を誘ったのに、奥山がなぜ一緒に行きたいと言い出したのか小嶋には分からなかった。

「理絵、いいから」

奥山は小嶋の耳元で小さく呟いた。

「で、高井さんどうかな？」

「……別に一緒でも構わないけど、本を買いに行くだけだから楽しくないと思う」

意外なことに高井は奥山のお願いを断らなかった。

「いや、別にいいんだ。高井さんがどんな本読むのか知りたかったし」

「……今日私が買いに行くのは漫画だけど」

「高井が漫画とは珍しいね？」

遠山の記憶には高井の部屋の本棚に漫画はなかった。

「最近読んでいる小説が原作の漫画が、単行本で発売されてたのを知ったから読みたくて」

そういえば最近、高井は図書室でラノベやライト文芸を借りている。珍しいなと思っていた遠山だが、漫画も読むようになったことに驚きを隠せない。

「ああ、別に漫画でもいいよ。俺も漫画好きだし。あ、上原さんたちも誘っていい？」

「……好きにして」

上原たちを誘うことに思うところがあるのか、高井の返事は素っ気なかった。

「分かった。無理言ってすまない」

「別に気にしてないから大丈夫」

奥山が何の目的で一緒に行くと提案したのか分からない。用件を済ました高井は自分の席に戻っていった。

「翔太、なんで一緒に行くなんて言い出したの？」

小嶋が不思議そうに奥山に尋ねた。

「あ、遠山、悪いけど上原さんたちに放課後一緒に行けるか、聞いてきてくれない？」

奥山は小嶋の質問を無視し、遠山に上原たちを誘ってくるようにお願いする。

「あ、ああ……分かった」

奥山に頼まれた遠山は、遠巻きに三人のやり取りを眺めていた上原たちのもとへと向かった。

「理絵、さっきなんで一緒に行くのかって聞いてきたけど、俺は高井さんが遠山と上原さんを気にしていたみたいに感じたからだよ」

「あー確かに高井さん、前もそうだったね」

「そう、あれはわざと俺と遠山の話に割って入ってきたと思うよ」

「高井さんは遠山のことを好きだから、上原さんのことを話していたことに嫉妬した……そういうこと？」

「どの程度好きなのかは分からないけど、俺はそう感じたね。だから確かめてみようかなって」

「確かめてどうするの？」

「もしそうだったら、俺は余計なことをしない方がいいかなって。知らずに上原さんだけ応援しちゃったら高井さん可哀そうだし、俺たちも空回りしておせっかい焼いていたらバカみたいじゃない？」

事情を知らずに応援をしても、ただ単に余計なお世話になりかねない、奥山はそう思ったのだ。

「確かに……どっちかだけを応援することはできないわね」

「そうしたら俺たちは見守るしかないからな」

どちらか片方だけを応援することはできないと考えている奥山は、あくまで中立な立場で見守るつもりだった。

「それにしても……麻里花も高井さんも可愛いし、そんな二人から好意を寄せられるなんて遠山くんモテるわねぇ」

「まあ、上原さんを嫌がらせから身を挺して守って解決したくらいだからな。イイ奴だよ」

「なかなかできることじゃないよね。あの場で毅然とした態度を取れるなんて勇気がいると思う」

遠山のＳＨＲでの行動は諸刃の剣であった。小嶋の言う通り下手をすれば反感を買って悪化する可能性があったからだ。

「高井さんが髪の毛を切って眼鏡外してきただろ？　今思うとあれって遠山を意識してイメチェンしたんじゃないかと思うんだ」

「ああ……そうかも。高井さん急に垢抜けちゃってどうしたのかと思ったけど、そういうことか……」

「ま、あくまで想像だけどな」

だから今日一緒に買い物に行けば何か分かるかもしれない、そう奥山は考えていた。

「奥山くん、相沢さんと千尋は用事があるから行けないって」

奥山と小嶋が高井と遠山のことについて考察していると、遠山が戻ってきた。

「そっか、理絵は行くだろ？」

「ううん、私は美容院の予約を入れているから今日は行けないよ」

「あ、そうなのか？　分かった……じゃあ俺と遠山と上原さんと高井さんの四人で行ってくるわ」

「うん、確かめてきてね」

「分かった」

さすがカップルなだけあって、奥山と小嶋の二人は簡単な言葉のやり取りで意思疎通ができていた。

「小嶋さん、確かめるって？」

何のことか分からない遠山が小嶋に目を向け質問した。

「え、えーと……」

「理絵が読んでる漫画の新刊が出ているか、確かめてほしいってことだよな？　理絵？」

言い淀んだ小嶋の代わりに奥山が機転をきかし返答した。

「そ、そうそう、読みたい漫画の新刊がいつだったかなぁって」

「そっか、本屋行くからちょうどいいね」

遠山はそれで納得したようだ。

「じゃあ、放課後よろしくな。そういや遠山は今日、図書委員はないんだよな？」

「うん、今日は大丈夫」

「おう、じゃあ放課後楽しみにしてるよ」

「翔太をよろしく」

こうして遠山と奥山、上原と高井という、珍しいメンバーで本屋に行くことになった。

◇

午後の授業を終え、遠山たち四人は駅前の反省堂(はんせいどう)へと向かっていた。

「おお、改めて見るとデカい本屋だなぁ」

反省堂の大きな建物に驚いている奥山を尻目に、遠山たちは店内に入りコミック売り場へと移動する。

売り場に到着すると、各々は自分の見たい本を物色し始めていた。

「高井、読みたい漫画見つかった？」

本棚の前で立ち止まり、並んだ本をぼんやりと眺めている高井に遠山は声を掛けた。

「うん、見つかったんだけど……」

「見つかったけど？」

「既刊の巻数が多過ぎて全部買えない」

「全部で……十六巻か。確かに一気に買える数じゃないね」

一冊七百円としても一万円を超えてしまう金額だ。アルバイトをしていない高校生の高井には厳しいのも無理はない。

「少しずつ揃(そろ)えていくしかないかな」

「そうだね……」

高井は感情をあまり表情に出さないが、明らかにガッカリしているのが分かった。

「あ！　高井！　すぐに読みたかったら、あまりお金かけずに読める方法があるけど」

「どうやって？」

「ネットカフェに行って読めばいいんだよ」

遠山はふと思い出しそれを伝えた。

「ネットカフェ……行ったことないけど、どんなところ？」

「三時間で七百円くらいかな。ドリンクも飲み放題で、カフェ的な使い方ができるしお得だと思うよ」

ネットカフェに行ったことがない高井に、かいつまんで説明した。

「高井さん、お目当ての漫画は見つかった？」

上原が漫画の単行本を片手に、遠山と高井のもとに駆け寄ってきた。手に持っている漫画を買うつもりなのだろうか。

「見つかったけど、巻数が多いから全部は買えないって」

遠山が本棚に並んでいる漫画のタイトルを指さす。

「ああ……それだけあると結構な金額になるね」

遠山が指さしたタイトルを見た上原は納得した様子だ。

「だからネットカフェで読めば安く済むよって話をしてたんだ」

「ああ！　前に遠山と一緒に行ったとこだね」

「佑希と一緒に……？」

上原の〝一緒に〟という言葉に反応し、高井は眉をピクリと動かした。

「うん、前に『鬼討の剣』の映画を遠山と観た後に行ったんだ。凄く広くて綺麗だったし個室も良かったよ」

「個室……佑希、私も行ってみたい」

高井がネットカフェに興味を示したのは、上原に対抗してのことだろう。お弁当のこともそうだが、遠山のことが絡むと上原に対抗するかのような反応を高井は示すようになった。

「いいね！　遠山行こうよ！」

上原もネットカフェへ行くことに乗り気だ。

「高井は今からでも大丈夫？」

「うん、大丈夫」

高井は無表情で答えた。

「僕も大丈夫だけど……奥山くんはどうだろ？」

「ちょっと、聞いてくる」

奥山を探しに上原が二人のもとを離れた。

「……高井は最近少し変わったね。前は漫画なんて読まなかったし、ネットカフェに行きたいなんて言うとは思ってもみなかった」

「……もっと視野を広げてみようかと思って何冊か借りてみたら、読まず嫌いだったのがよく分かったの。だから……もっと色々なジャンルの本を読んでみようかなって」

なにか心境の変化があったのか、高井は少しずつ自分を変えようとしているのかもしれない。

「そっか、高井が色んなジャンルを読んでもらえると、僕も薦め甲斐があるし大歓迎だよ」

「うん、これからも色々と佑希には教えてほしい」

「分かった」

ライトノベルやライト文芸、漫画まで対象となれば僕の得意分野でもあるので、おススメできる選択肢が増える。

「遠山、ネットカフェに行くんだって？　俺も興味があったから一度行ってみたかったんだ」

上原に連れられ奥山が遠山たちと合流した。

「じゃあ、場所は僕が知ってるから、さっそく行こうか」

「遠山、ちょっと待って。この漫画ネットカフェにあるかな？　あれば買わなくて済むし」

「ちょっと調べてみるよ。ついでに高井の読みたいタイトルもあるか検索してみる」

遠山はスマホを取り出すと、ネットカフェの公式サイトにアクセスし、調べ始めた。

「えーっと……両方とも置いてあるね」

「やった！　じゃあこれ棚に戻してくるね」

上原が購入予定だった本を戻し、遠山たち四人はネットカフェに向かった。

「おお、広いな」

ネットカフェの入っているビルのエレベーターから降りた奥山は開口一番、驚きの声を上げた。

「予想していたより広いし綺麗」

高井も驚いているようだ。以前この店に連れてきた上原も、奥山と高井の二人と同じようなことを言っていた。

「ここのオープンカフェなら自由に移動できるし、ゆっくりできるからね」

普通のネットカフェは個室のイメージだが、ここのネットカフェはフリースペースがある。

「カップルシートなんてあるんだな。映画館みたいだ」

壁に掲示された料金表を見ながら奥山が呟（つぶや）いた。

「あ、ここのカップルシート、遠山と映画を観たあと、二人で利用したんだよ！」

「う、上原さん⁉」

二人で利用したことを、上原はポロッと漏らしてしまい慌てる遠山。個室でやましいことをしていたわけではないが、高井の前ではどこか気まずい。

「遠山、カップルシートを二人で使ったのか？　個室で上原さんに変なことしてないだろうな？」

「そ、そんなことしないって！」

「そ、そうだよ！　遠山は何にもしてこなかったよ！」

動揺する遠山に意味ありげな返答をする上原。

「じょ、冗談だよ。俺も今度、理絵と利用してみるかな」

奥山は高井に一瞬だけ目をやり、その反応を窺(うかが)っている。

高井は無言であったが、その表情は複雑そうな表情に遠山には見えた。

「今日は漫画読みに来ただけだからパソコン使わないし、オープンカフェでいい？」

「パソコンなんて家でやればタダなのに、わざわざ金払ってまでネットカフェに来るんだな」

奥山が不思議そうにしている。

「家にパソコンがない人もいるだろうし、ネットカフェのパソコンはゲーミングパソコンだから性能が高くてゲーム向きなんだ。だから、家のパソコンがスペック不足でやりたいゲームができない人は、こういう所に来るんだよ」

奥山や上原、高井はサブカルチャーには詳しくない。疑問に思うのも不思議ではなかった。

「はあ、そういうもんなんだなぁ。遠山といると勉強になるわ」

「そうそう、遠山はね、色々知っているんだよ。私も随分と楽しいこと教えてもらってるんだ」

上原は嬉しそうに、どこか誇らしげにそう語った。

「そ、そんなことないと思うけど……」

――上原さんにそんな色々と教えたっけ？　せいぜいラノベを読むキッカケを作ったくらいだと思うけど。

上原は遠山と話しているだけで、内容に関係なく楽しいのだ。遠山はまだそれを理解していなかった。

「遠山も謙遜しないで素直に受け取れよ」

行き過ぎた謙遜は失礼ということを遠山は思い出した。

「奥山くん……そうだね」

「佑希、早く受付しないと」

受付前で話し込んでいたために、遠山たちの後ろには他の客が並び始めてしまい、高井に受付を促された。

「す、すいません」

遠山たちは待っている他の客に頭を下げ、素早く受付を済ませた。

「読みたい本の場所はこのパソコンで検索できるから。高井の本は調べなくても場所が分かるから一緒に行こう」

遠山は検索用のパソコンの使い方を上原に教えると、高井と二人で上原のもとを離れた。

一方、奥山はドリンクバーの前で目を輝かせながら、様々なドリンクを注いでいた。

「えーっと……この辺だったと思うんだけど……」

遠山は記憶を頼りに目的の漫画を、出版社別に並んだ棚から探していた。

「あ、高井あったよ！」

あっさりお目当ての漫画を見つけることができた。

「それで、全巻持っていくの？　全部持っていっても時間内では読み切れないと思うよ」

貸し出しがない状態で全巻揃っていたのは僥倖(ぎょうこう)だ。

「高井!?」

遠山の問い掛けに反応がなかった高井が突然身を寄せてきた。

「ねえ、佑希……本当に上原さんと個室で何もなかったの？」

遠山たちがいる棚の通路には幸いなことに誰もいない。とはいえ、いつ誰が来るか分からない状況で、高井は自分の胸が遠山に当たるほど身を寄せてきた。

「ほ、本当に何もなかったよ」

「さっきの話だと上原さんと映画を観にいった日に、ここへ来た。その後、私に会いに来た佑希はいつもより激しく求めてきたから……何かあったのかなって」

高井は場所も考えずに際どい話を振ってくる。誰かに聞かれたら間違いなく関係を疑われるだろう。

「た、高井、ここでその話は——」

「遠山、高井さん、本見つかった？　私が探してるのはあったよ」

——っ！

上原が二人を呼びながら通路の入り口から顔を覗かせた。

「あ、ああ、見つかったよ。上原さんは先に席に戻ってて」

遠山は慌てて高井の身体から離れた。

「うん、分かった」

狭い通路だったせいか、高井と少しくらいなら密着していても不自然ではなく、上原には疑われなかったようだ。

「ふう……」

　場所を考えずに高井が迫ってくるので、最近は肝を冷やすことが多くなった気がする。

「佑希、今度カップルシート使ってみたい。どうせ今日だけじゃこの漫画は読み切れないと思うから」

「そ、そうだね。今度は二人で来ようか」

「うん、楽しみにしてる」

　懇願するように高井に見つめられ、遠山は断ることができなかった。だが、遠山も防犯カメラがあるとはいえ、密室で高井と二人きりになれることで期待せずにはいられなかった。

　結局、三時間ほどネットカフェに滞在したが、高井は全て読み切ることができずに帰宅時間となった。

「三時間利用して七百円でドリンク飲み放題とか安いな。今度、理絵と一緒に来よう。アイツこういうの好きだからな」

「ホント、安いよね。遠山と個室使った時はもう少し高かったけど。普通にカフェとしても使えるから今度、美香(みか)を連れてくる」

　奥山と小嶋のカップルは仲が良いことでクラスでも有名だ。奥山の態度からも小嶋のことを大事にしているのがよく分かった。

「高井さんは結局全部読めなかったな」

　奥山が高井に話し掛けた。

「うん、でも大丈夫。また佑希に連れてきてもらうから」

「そ、そうだな」

　高井は奥山と向かい合っていたが、視線は上原に向けハッキリと言い切った。

　奥山には高井が上原を意識し、わざと、遠山に連れてきてもらうと、発言したように感じたことだろう。

「じゃあ、帰るか」

　奥山が呼び出しボタンを押すと扉はすぐ開き、誰もいないエレベーターに四人は乗り込んだ。

「遠山、今度はまた二人で来ようね。もちろんカップルシートで」

　奥山と高井が到着したエレベーターから先に降り、遠山が降りようとしたところで後ろにいた上原が耳元で小さくそう呟いた。

「そ、そうだね」

　近くに高井と奥山がいる状況では、それくらいの言葉しか返すことができなかった。

「今日は高井さんとも話ができて楽しかったよ。無理についてきてゴメンな」

「ううん、そんなことないよ。私も楽しかったから。奥山くん、また学校で」

各々帰宅の途についた。

遠山と奥山は同じ路線だが、高井と上原が別々の路線で帰るため、駅前でお開きとなり

「じゃあ遠山と俺は一緒だから。上原さんまたな」

「上原さんも高井も気を付けて帰って」

上原は遠山と挨拶を交わした。

「じゃあね遠山、また放課後遊ぼうね」

路線も方向も一緒の遠山と奥山の二人は、無言で電車の到着をホームで待っていた。

「なあ、遠山」

「奥山くん、なに？」

奥山が真剣な表情で遠山に声を掛けた。

「高井さんってさ……やっぱり遠山に気があるだろ？」

「えっ⁉ お、奥山くん何を……」

奥山の唐突で直球な質問に遠山は動揺を隠せない。

「今日、高井さんを観察してたけど、上原さんにライバル意識燃やしてるのが分かったよ」

「そ、それは……」

高井と上原から好きとか付き合ってほしいとか直接言われてはいない遠山は、それに答

える資格はなかった。あくまで言動から推測した予想だからだ。

「気付いてないってわけじゃなさそうだな」

遠山が否定せずに黙っていることで、奥山はそう判断したのだろう。

「今、三人がどういう状況なのか俺には分からないけど、いずれこのままだとクラス中に知れ渡ると思うぞ」

「上原さんは遠山に対して好意を隠そうとしていないし、高井も最近は遠山と上原さんが絡むと邪魔しにくるしな。この調子だと気付かれるのも時間の問題だと思う」

「他の生徒からの嫉妬とか妬みで、またトラブルに巻き込まれる可能性もあるから気を付けろよ」

遠山から返答が来るとは思っていない奥山は、一人で話し続けた。

「うん、奥山くんありがとう。気を付けるよ」

「ああ、事情の知らない俺には見守ることしかできないけど、困ったら相談してくれ。秘密は守ると約束するから」

「これは……人に話してどうなるわけでもないし。僕たちで解決しなければならない問題だから気持ちだけ受け取っておくよ」

「そうか……」

それ以降、遠山が電車を先に降りて別れの挨拶を交わすまで、二人は黙ったままだった。

◇

お昼休みの図書室、返却の生徒がいなくなり、遠山がホッと一息ついていると、テーブル席に座っていた女子生徒がカウンターに駆け寄ってきた。

「佑希、きょうの放課後空いてる？」

図書室に生徒がいなくなるのを待っていた高井が、カウンターの遠山に声を掛けてきたのだ。

「今日？　特に用事はないけど」

「そう……この前の漫画の続きを読みたいから、ネットカフェに付き合ってもらえない？一人だと不安で……」

先日、読み切れなかった漫画の続きを読みたいので、付き合ってほしいと高井はお願いしてきた。

最近の高井は以前と比べて変わった。

ほんの少し前までは学校か高井の部屋でしか会うことはなかった。しかし、上原たちと仲良くするようになってから、一緒に外に出る機会が増えてきた。遠山は良い傾向だなと思い嬉しくもあった。

「……分かった。放課後付き合うよ」

高井が行動的になることに異論がない遠山には、断るという選択肢はない。

「本当!?　ありがとう……お金は私が払うから」

「いや、いいって。僕も読みたい漫画があるし」

「でも……」

「そんなの気にしなくていいんだよ。高井とまた一緒に行きたいと僕も思ってたから」

「うん……私も佑希と一緒に行きたいと思ってた」

遠山のそのひと言に、申し訳なさそうにしていた高井は表情を明るくした。

それを目の当たりにし、遠山もなんだか嬉(うれ)しい気分になってくる。

「放課後楽しみにしてる」

「分かった」

高井は軽快な足取りで図書室を出ていった。よほど嬉しかったのだろう。

「遠山！　今は大丈夫そう……だね」

「上原さん、どうしたの？」

高井と入れ替わりに上原が図書室に入ってきた。

「うん、今日一緒に帰れないかなぁって」

上原の用事は遠山のお誘いであったが、残念ながら高井との約束がある。

「ごめん、今日は先約があるんだ」

「そっか……残念……。先約って高井さん？」

残念そうにしている上原に高井と約束をしていることを見抜かれ、遠山は少し心が痛んだ。

「ま、まあ……」

どうして分かったのだろうかと考えたが、遠山の交流範囲は狭いので選択肢はそれほど多くない。

「それで高井さんと、どこに行くの？」

「読み切れなかった漫画の続きを読みたいから、ネットカフェに行きたいって」

嘘(うそ)を吐(つ)いてもバレることなので、遠山は正直に話した。

「そう……高井さんと遠山が二人きりで個室を使ったら……私は嫌だな……」

遠山と高井が個室で過ごす姿を、上原は想像してしまったのかもしれない。どんな想像をしたのかは遠山には知る由もない。

「あ、ゴメン！　そんなの遠山の自由だよね……楽しんできてね！」

そう言って上原は一方的に話を打ち切ると、図書室を足早に出ていってしまった。

「はぁ……ズルいな……僕は」

二人に明らかな好意を向けられ、それを受け続けることに遠山は戸惑う。そして、どうしていいのか分からず、流されるままの自分に嫌気がさす。

放課後、二人はネットカフェに到着し、受付の順番待ちをしていた。

「佑希、今日はカップルシートがいい」

遠山の耳元で高井は小さく呟いた。

「う、うん……そうしようか」

上原の図書室での言葉が頭を過ったが、高井のお願いを断ることはなかった。断れば高井が傷付く、そう自分に言い聞かせて正当化しようとしているが、本心では個室で一緒に過ごしたいという思いがあった。


受付で上原の時と同じように、フラットシートを選び部屋に入った。

「わあ……本当に個室だね……」

高井も上原と同じような反応だ。

「でも天井は開いてるし、防犯カメラもあるからね」

最近の高井は場所を選ばず暴走する傾向にあるので、遠山は遠回しに釘を刺す。

「うん、でもこれくらいなら大丈夫だよね……」

「た、高井……今の話聞いてた？」

部屋に入るなり、高井はカウチソファーに腰掛けた遠山にもたれ掛かった。

「うん、聞いてたよ」

「だったら……」

遠山も本心ではそれを望んでいたことで、強く拒否することはしなかった。

――まあいいか……キスしたりしなければ大丈夫だよな。

ここで遠山は雰囲気に流されてしまい、言い訳を並べて自身を正当化していた。

「ねえ、佑希……シたい？」

誘うような甘い声で、高井は耳元で呟いた。

「な、なにを？」

言葉の意味が分かっている遠山だが、これ以上流されまいと分からないフリをした。

「私はシたいよ……」

――ッ!?

躊躇いなく遠山の制服のズボンに手を伸ばしてきた高井は、完全にスイッチが入ってしまっているようだ。

「た、高井ダメだって！」

遠山は下半身に伸ばしてきた高井の手を摑み、止めさせる。

ここでするのはリスクが高過ぎる。いくら流されているとはいえ、遠山には辛うじて理性が残っていた。

高井の身体から離れた遠山は、既に起動していたＰＣの前に移動し、なにやら検索を始めた。

「高井、これを見て」

遠山はPCのモニターを指さし、高井に見てもらうように促す。

遠山が検索していたのは、ネットカフェやカラオケボックスで性行為をした体験談が書かれた知恵袋的なサイトだった。

「……」

高井はマウスを操作し、質問やその回答を無言で読み始めた。

静かな個室にカチカチとマウスをクリックする音だけが響く。高井は真剣にそれを黙々と読み進めた。

「……佑希、なにも考えずに行動してしまってごめんなさい」

「うん、分かってもらえればそれでいいんだ」

高井に見せたのは、ネットカフェやカラオケボックスで性行為をした高校生カップルが、内線や帰り際の受付で注意されたりした体験談だ。中には、キスやハグだけでも注意されたケースもある。

「学校や親に迷惑を掛けないように気を付けないと」

「うん、分かった……」

高井は遠山に抱かれることで承認欲求を満たしてきた。高井の家に姉が戻ってきたことで、部屋でセックスするのが難しくなり不安になっている。

遠山とセフレになった理由と自覚した恋愛感情が合わさり、高井は情緒が安定せず、最近の暴走に繋(つな)がっているのだろう。

「本を探してくる」

高井は落ち着いたのか、本を取りに部屋を出て行った。

「ふぅ……なんとか分かってもらえてよかった。エスカレートして通報でもされたら終わりだからな……」

欲望を抑えきれずに、突き進めば待っているのは破滅だけだ。高井がその判断を理性的にできないのであれば、自分が止めなければならない。高井と一線を越えた遠山は、その責任から逃れることはできないと自覚していた。

結局、三時間ほど滞在した後、遠山と高井はネットカフェを退店し、二人は手を繋ぎ、駅に向かって歩いていた。今現在、高井の心の拠(よ)りどころは遠山のみである。手を繋ぐことを断るという選択肢はない。

「ねえ、あそこには私たちは入れないんだよね?」

高井が繁華街のネオンの一角を指さした。

「ラブホテルは制服じゃ入れないし、それに、僕にはそんなお金ないしね……」

「そう……」

ネットカフェで見せた体験談で少しは理解している高井だが、まだ諦めてはいないようだった。

「そもそも……十八歳未満はラブホテルの利用はできないよ」

「そうなんだ」

「うん、条例かなんかで決まってるみたい」

「じゃあ、私服だったらバレないかな？」

「どうだろ？　さっきの知恵袋の書き込みだと、十八歳未満に見えると身分証明書の提示を求められたりするみたいだし、難しいんじゃないかな」

高校生がセックスできる場所は限られている。一人暮らしの高校生などライトノベルの中だけの話だ。現実は自宅に家族がいない時に、コッソリするのが普通だろう。

高井も遠山も欲求不満を抱えたまま、その日はお互い家路へとついた。

第六話　上原麻里花は依存を強めていく

I am boring, but my classmates do not know what I am doing in your room.

　私は毎日のように、通学路で遠山を待つようになってしまっていた。冷静に考えればストーカーのようなことをしているという自覚はある。

　今日も遠山が通る時間を見計らい、少し早めに来てコンビニで時間を潰す。雑誌コーナーから窓の外を見張っていれば、遠山が来たのも分かる。

「来た！」

　私はすかさずコンビニから飛び出し、遠山に駆け寄った。

「遠山、おはよう！」

　遠山の背後から声を掛け、さも追い付いたかのように私は振る舞った。我ながら少しキモいかな？　とは思う。

「上原さん、おはよう」

「あれ？　菜希ちゃんは？」

　いつも遠山と一緒の菜希ちゃんが今日はいなかった。

「ああ、菜希は学校でやることがあるからって、先に出ていったよ」

「そうなんだ？　会えなくて残念。遠山も一緒じゃなくて寂しいでしょ？」

なんて私は口では言っているけど、本当は二人きりで登校できるから嬉しかった。菜希ちゃんゴメンね。

「いやいや、今日は色々と邪魔されずに済んだし、ゆっくりできて良かったよ」

「菜希ちゃん、そんなに邪魔してくるの？」

「部屋で僕が寝てると、無断で入ってきて起きるまで出ていかないし、やたらと世話を焼いてくるしね」

「菜希ちゃん、お兄ちゃんに構ってもらいたいんだと思うよ？」

「うーん……そうなのかな？」

「うん、まだ兄離れしてないのかもね。そういう遠山も妹離れできてないんじゃない？」

「冗談はよしてくれよ」

遠山はそう言いながらも、兄離れしていないという言葉に、悪い気はしていないように私は感じた。

「まあ、そういうことにしておいてあげる」

「上原さんのその言い方、なんか引っ掛かるなぁ」

「男は細かいことは気にしない！」

「はいはい」

遠山は納得していないようだけど、中高生くらいの年齢で、実際にあそこまで仲の良い兄妹はあまりいないと思う。私にも兄がいるが同じくらいの歳の頃には、お互いにあまり話すことはなかった。

「あ、そうだ！　遠山、次の日曜日空いてる？　もし大丈夫なら買い物に付き合ってほしいんだけど」

最近、高井さんのこともあり遠山を誘うことに躊躇っていたけど、お弁当のお礼というカードを切って私は遠山をデートに誘ってみた。

「まあ、特に予定はないけど……」

「じゃあ、決まりね。お弁当のお礼をするって言っていたのを覚えてる？　次の休みでしてもらうから」

「わ、分かったよ」

「うん、待ち合わせ時間とか場所は後でメッセージ送るね」

「了解」

──やった！

『鬼討の剣』を観に行った時以来の二人きりのデートに、私は心を躍らせた。

遠山が断れないのが分かっていて、それを利用して申し訳ないと思うけど、私は遠慮しないと決めたから、それくらいのことは気にする必要はないと、自分に言い聞かせた。

◆

デート当日、この日のために買ったばかりの洋服を着て、私は待ち合わせ場所で遠山を待っていた。

この服を買いに行った時、一緒に選んでもらった美香には『デートのためだけに買うなんて、随分気合が入ってるね』て言われたけど、私服で遠山に会えることは滅多にないから、つい頑張ってしまった。でも、カジュアルな服を選んだから、そんなに気合が入っているようには見えないはず。褒めてもらえたらいいな。

「上原さん、ゴメン待たせちゃった？」

私が到着して間もなく、遠山が待ち合わせ場所に現れた。

「ううん、まだ待ち合わせの時間前だし、私もさっき来たばかりだから大丈夫」

「そっか、よかった」

「遠山、その服は一緒にFU－GUで選んだやつだね」

「これが僕の一張羅なんだ……自分で選んでも何がいいか分からないし、あれから服は買ってないんだ」

遠山は、あまり服を持っていないことに、恥ずかしさを感じているようだけど、私は一緒に選んだ服を着てデートに来てくれたことが嬉しかった。

「じゃあ、また今日も一緒に服選びする？　またコーデしてあげるよ」

「うーん……できればそうしてほしいんだけど、今、あまりお金がなくて……だから今日は自分の買い物はできないかな」

「そっか……でも、見るだけでも楽しいから行ってみよ？　試着はタダだしね」

「でも、上原さんの買い物があるし、そっちを優先していいよ」

「私は遠山のコーデするのも楽しいし、私の服も一緒に選んでほしいな……」

私は何も買わなくても遠山と一緒に過ごせるだけで楽しい。だから、それだけで十分だと心の底から思っている。

「う、うん……そうだね。僕が役に立つか分からないけど」

「似合ってるか、似合ってないかだけ言ってもらえれば十分だよ」

私は似合ってるとか可愛い（かわい）とか、そう言ってもらいたいだけだということを、遠山に気付いてもらいたかった。

「それで……その……今日はどうかな……？」

せっかく買った新しい服の感想を聞きたくて、私はそれとなく遠山にアピールしてみた。

「あ、ああ！　う、うん、キャップも似合ってるし、そのデニムのスカート……なんていうのかな？　すごくいいよ」

「このスカートはサロペットスカートっていうんだよ。遠山はこういうギャルっぽいファッションはどう思う？」

今日の私のコーディネートは、デニム素材で膝上のサロペットスカートに、七分袖の白いＴシャツ、ワンポイントが入った白いキャップという、ちょっとギャルっぽいファッションにしてみた。

「僕にはそのギャルっぽいファッションとか分からないけど……とても上原さんに似合ってていいと思う」

「やった！　遠山に褒められた！」

「でも……地味な僕と上原さんが並ぶとなんか属性が違い過ぎて……」

前回デートした時も、遠山は自分が地味であることを気にしていたようだったけど、彼は少し自己肯定感が低いと思う。

「遠山もその服は凄く似合ってるから、もっと自信を持っていいんだよ」

でも、自信を持ってカッコよくなったら、遠山はもっとモテるようになるかもしれない。

それはそれで私が困る。だから遠山は今のままでいいと私は思っている。

「う、うん、できるだけそうするようにするよ」

「じゃあ、そろそろ行こっか？」

待ち合わせ場所の駅前から、私たちは目的のショッピングセンターに向かった。

ショッピングセンターに到着してから、私たちはウインドウショッピングを楽しんでいる。お金がなくて洋服が買えなくても、試着して品評するなどして楽しむことができる。

とはいえ、それは相手次第で、当然楽しめない人もいる。私は遠山といると何をしていても楽しい。

「買い物とかお金使わなくても楽しいね。遠山は楽しい？」

だから、遠山が私と一緒にいて楽しいかどうか知りたくて、思い切って聞いてみた。

「もちろん。上原さんのファッションの知識とか聞いてると楽しいよ」

「ホント!? そう言ってくれると嬉しいな。私も遠山の漫画の話とか聞いていると楽しいよ。私の知らないことたくさん知ってて、なるほどってなっちゃう」

「僕の話はサブカル系のオタク話ばかりだけどね」

遠山は少し恥ずかしそうにしている。

「同じ趣味の話をするのも楽しいけど、お互い知らないことを聞くことも、相手のことをより深く知ることができていいよね」

私は遠山の趣味のこと、私生活のことを知ってより好きになった。相手のことを知る努力は大事だと思う。

「そういえば、上原さん今日はまだ何も買ってないけどいいの？」

「あ、ああ……いいの。特別欲しいものがあって来たわけじゃないから」

買い物があるから付き合ってほしいというのは、遠山とデートしたかった口実で、特に欲しいものがあるわけじゃない。

「そうなんだ。じゃあ、今から上原さんにお礼のプレゼントでも買いに行こうか」

「そういえばそんな話もあったね。でも、その前に……ちょっと歩き疲れたからどこかで休まない？」

お礼というのも特に考えていたわけでもない。遠山もお金がないからと言っていたので、要求するのも申し訳ない。お茶を濁してしまおうと思う。

「じゃあ、適当にその辺のカフェに入ろうか」

遠山が近くにある飲食店が並んだ一角を指さした。

「そうだね……安いからファストフードでもいいんじゃないかな？」

「じゃあ、さっき向こうで見かけたからそこでいい？」

「うん」

休憩するお店が決まったことで、私たちはファストフード店に向かって歩き出した。

「遠山くん！」

突然、前方から遠山の名前を呼ぶ女性の声が私の耳に届いた。

「お、お姉さん!?」

高井さんの姉の伶奈（れな）さんが、嬉しそうに笑顔を浮かべ駆け寄ってきた。

た。

「あら、麻里花ちゃんも一緒なの？　今日はあれかしら、デート？」

　伶奈さんは面白い現場を目撃したと言わんばかりに、ニヤニヤとした表情を浮かべてい

た。

「え、えっと、今日は上原さんが買い物——」

「デートです！」

　デートではないと言い出しそうだった遠山を見た私は、ちょっとムッとしてしまい、彼の言葉を遮って発言してしまった。

「あら、麻里花ちゃんはデートって言ってるけど」

「……そ、そうです。デートです……」

「青春ねぇ。遠山くんもこんな可愛い子とデートできて羨ましい！　私も混ぜてもらってもいい？」

「ち、ちょっと、伶奈さん！」

「なぁんて冗談よ。デートの邪魔なんて無粋な真似はしないから安心して。ね、麻里花ちゃん？」

　——この人、絶対にワザとやってる……私が遠山のことを好きなのを分かってて、揶揄って楽しんでる。

「そ、それでお姉さんはどうしてここに？」

この状況に困惑している遠山が話題を逸らした。

「どうせだから、そこでお茶でもしながらゆっくりお話ししましょ？」

邪魔しないからと言いながらも伶奈さんは、お茶をしようと誘ってきた。

「僕たち今からそこのファストフードで休もうと思ってたんです」

「じゃあ、ちょうどよかった。そこでお茶しましょう。私が奢ってあげるから」

――遠山⁉　どうしてそこで予定があるからって断らないのよ⁉　伶奈さんが乗ってきちゃったじゃない！

せっかく二人きりでデートしていたのに、気をきかせてくれなかった遠山を私は少し恨んだ。

「伶奈さん、ご馳走になるなんて申し訳ないです」

「麻里花ちゃん、遠慮しないでお姉さんに任せなさい！　ほら、遠山くんも行くよ」

結局、伶奈さんの押しに負けて、私たちは一緒にお茶をすることとなった。

最寄りのカフェに入り、私たち三人は注文を済ませた。

「今日はね、お仕事でここのショッピングセンターに来てたの」

全員の注文したドリンクが揃うと伶奈さんは話し始めた。

「お仕事ですか……？　伶奈さんは大学生でしたよね？」

　私はお仕事という言葉に社会人を連想した。

　伶奈さんは大人びた容姿なので、社会人と言われても不思議ではない雰囲気を醸し出している。

「そうよ。アルバイトみたいなものかな？　今日は催事場でイベントをやっていたから、そのキャンペーンスタッフとして仕事をしてきたの。私はモデルとして事務所にも所属しているから、スポットでコンパニオンみたいなこともしてるのよ」

「ああ、なるほど……お姉さん美人ですからね。モデルをやっていても不思議じゃないです」

「遠山くんは口が上手だね。そうやって麻里花ちゃんも口説いたの？」

「ち、違います！　僕がそんな風に見えますか？」

「一見するとそうでなくても、見た目だけじゃ分からないよ？　ねえ麻里花ちゃん？」

　伶奈さんは私に話を振ってきた。

「確かにそうですね……人は見た目じゃないと思います。でも、伶奈さんは見た目通りの人ですね」

「あら？　麻里花ちゃんから私はどう見える？」

「伶奈さんは……明るくて、社交性があって仕事ができて友達も多くて……色々と経験してそうです」

経験というのは社会経験のこともあるし、言葉を濁したけど恋愛経験も含めて私は言っている。

「麻里花ちゃんの言ったことは、私も自覚しているからその通りかもね。でも、麻里花ちゃんも見た目通りの人だね」

「伶奈さんに私はどんな風に見えますか？」

「明るくて友達が多くて優しくて、そして一途かな？」

最後の一途というのは見た目では分かるものだろうか？

「それに、超可愛い！　麻里花ちゃんのそのファッション凄く似合ってる。私にはそういうの似合わないから羨ましい」

「そ、そうですか？　伶奈さんに言われると悪い気はしないです」

伶奈さんのような女性に褒められるのも、遠山に褒められるのと違って、別の意味で嬉しかった。

「ねぇ麻里花ちゃん、読者モデルやってみない？　私の伝手で紹介してあげるよ？」

「い、いえ、そういうのは興味がないので……遠慮しておきます」

「それは勿体ないなぁ。でも、無理強いはできないし、興味が湧いたらいつでも言ってね」

「たぶん、ないと思いますけど……」

「それじゃあ、連絡先交換しよう！　これからも麻里花ちゃんと仲良くしたいしね。じゃあ私のQRコード読み取って」

「は、はい……分かりました」

初めて会った時もそうだったが、伶奈のペースに今も巻き込まれてしまっている。伶奈さんは少し強引ではあるけど、人をコントロールするのが上手い。

「はい、登録完了！　いつでもメッセージしてね。麻里花ちゃんなら大歓迎よ」

「よ、よろしくお願いします」

「遠山くん、放置しちゃってゴメンね。寂しかった？」

「いえ、別に寂しくはないですけど……相変わらず距離感がバグってますね。上原さん、ちょっと引いてましたよ」

「麻里花ちゃん、そんなことないよね？」

「は、はい、フレンドリーだなとは思いましたが」

遠山が言う通り、伶奈さんに少し圧倒されていたことは否定できないけど、ここは敢えてやんわりと伝えた。

「麻里花ちゃんいい子だね。遠山くんもこんな可愛くて、性格の良い子が彼女で嬉しいでしょ？」

伶奈さんの言い方には何か含みがあるようでいて、意味ありげな視線を遠山に送っていた。

「ち、違いますよ。僕と上原さんは付き合ってるわけじゃないです」

「あら、そうなの？　お似合いだったから、てっきりそうなのかと思った」

――この人は……私と遠山が恋人同士じゃないのを知っていて、わざと言ってる。

「そうです……私たちはまだ恋人同士ではないです」

伶奈さんに全て見透かされているようで、それが悔しかったから、私は少し強気で返答した。

「そう……私は麻里花ちゃんだけを応援するわけにはいかないけど、あなたのこと好きだし頑張ってほしいと思うよ」

伶奈がそう言ったのはたぶん、妹の高井さんのことも知っているからだと私は思った。

「さて……二人の邪魔しちゃ悪いから、私はそろそろ帰るね。ここは支払っておくから後はごゆっくり」

私たちと会話を続けていた伶奈さんが、立ち上がった。

「あ、はい、ご馳走さまです」

「伶奈さん、ありがとうございます」

伶奈はテーブルから伝票を手に取り席を立った。

「あ、そうそう、遠山くん、女の子を泣かせちゃダメよ」

「だ、誰を泣かすんですか⁉　僕はそんなことしませんよ！」

遠山が慌てた様子で、それを否定した。

――伶奈さんが言っているのはたぶん、高井さんのことだ……。

「じゃあ、またね」

伶奈さんは、私たちを散々かき回しておいて、そのままレジへ向かっていった。

「……」

伶奈さんが立ち去った後、私と遠山の間には沈黙が流れた。伶奈さんが最後に残していった言葉の意味、それを私も遠山も理解していた。

「遠山、そろそろ出よっか」

ここで二人して黙り込んでいても仕方がない。

「そうだね……上原さんの買い物も済ませないと」

私たちは先に会計を済ませていることを店員に告げ店を出た。

カフェを出た後、私たちは目的もなく、ぶらぶらとショッピングモール内を歩いていた。

「さっき最後に伶奈さんが言ってたことって、妹の高井さんのことだよね……？」

「そ、それは……」

私がポツリと呟いた言葉に遠山は言葉を詰まらせた。

「ご、ごめん。遠山に聞いても困るよね……」

遠山が今そのことを話さないのに理由があることは分かっている。でも本心を知りたいと思う気持ちから、思わず言葉に出してしまった。

私は遠山の手に触れた。

「上原さん……」

遠山は私の手を握り返してくれる。私が今、どうしてほしいのか分かってくれた。

私は本当のことを知りたいと思っているのだろうか？　それとは反対に、知りたくないという気持ちもあるのかもしれない。たとえ知らなくても、こうして遠山と触れ合えるのだから。

私たちは、伶奈さんと出会った後、お互いに秘めた想いを抱えながらデートを続けた。

結局、私たちは何も買わずにショッピングモールを後にし、帰宅するため駅へと向かって歩いている。

「上原さん、本当に何もいらないの？」

お弁当のお返しを買わなかったことを、遠山は気にしているようだった。

「うん、別にいいよ。こうやって一緒にいられただけで、私は楽しかったし十分だよ」

「そう……ならいいんだけど。欲しいものがあったら、いつもで言ってくれていいからね」

遠山は優しくそう言ってくれた。

「じゃあ……キスしてって言ったら？」

私の言葉に驚きの表情を見せた遠山は歩みを止めた。

「……今、ここで……？」

遠山は本気でそう受け取ったのだろうか、真剣な面持ちで私を見つめた。

「冗談だよ。こんな人通りの多いところで、そんなことしたら痴女になっちゃうじゃない」

「もう……そういう冗談は心臓に悪いから……」

──もしかして、本気って言ったらしてくれた？

遠山からなんとなく、キスをしてくれそうな気配がしていた。だから冗談だと誤魔化した自分を恨んだ。

「あれぇ、もしかして遠山、ちょっと期待しちゃった？」

自分が後悔していることを紛らわすため、わざとおどけてみせた。

「いや、期待したというか……」

遠山は少し照れているのか、顔を仄かに赤く染めている。

──あれ？　これってもしかして脈あり……？　い、いや変な期待はしちゃダメ。

私は浮かれないように自分に言い聞かせた。

「そうだなぁ……学校の自販機で紅茶でも奢ってくれれば、お弁当のお返しは済ませてあげる」

「ああ、それくらいなら毎日……いや……二日に一回くらいなら奢ってあげるよ」

「遠山、急にせこくなったね」

「だってさ、最近出かけることが多くなったし、本とか買い過ぎて本当に貧乏なんだよね」

遠山は放課後に私たちと遊んだりすることも多くなり、高井さんとも頻繁に出掛けているようだ。私としては思うところもあるけど、やめてほしいと言える立場ではない。

「じゃあ、バイトすれば？」

「両親が帰ってくるのが遅いから、家事の手伝いもしなくちゃけないし無理かな。でも……たまには単発のバイトでもして稼がないと小遣い足りないな……」

「あー私もバイトしてないからなぁ……お小遣いだけじゃ足りないよね……読モやってみようかな？」

「ええ!?　さっきは興味ないようなこと言ってたけど？」

「読モに興味はないけど、稼げるなら考えてもいいかなぁって」

読者モデルに興味はないと言ったものの、お金が欲しいというのは本当のことで、伶奈さんが話していたように、スポットで稼げるならやってみたいと思わないこともない。

「そっかぁ……でも、上原さんならできそうだね」

「でも、やっぱりダメかな。大勢に見られるなんて私には無理。伶奈さんみたいな人がやるものだよ」

「あの人には確かに天職かもしれないな……」

「でしょう？」

遠山と話をしながら歩いていると、あっという間に駅に到着した。

「じゃあ、上原さん気を付けて」

「遠山、今日はありがとう。楽しかったよ」

遠山と挨拶を交わし、私たちは各々利用するホームへと向かった。

私は足を止め振り返る。

――もし、人がいる路上じゃなかったらキスできたかな……？

小さくなって離れていく遠山の背中を眺めながら、私はこれからのことに期待せずにはいられなかった。

第七話 高井柚実の新たなる一歩

私は反省堂ではなく、地元にある中規模の書店に来ている。品揃えこそ反省堂には劣るものの、売れ筋の本は押さえているので時々この店に足を運ぶ。

「アルバイト募集……」

私は書店の入り口に貼ってある求人の案内チラシを眺めながら、佑希が最近よく口にしていることを思い出す。

『最近出費が多くてお金がないんだ』

佑希を家に呼ぶことが難しくなってから、私は佑希をネットカフェなどに度々誘っていた。奥山くんたちとも交流することが増えた佑希は交遊費が増え、お小遣いが足りないと言っていた。

「アルバイトしてみようかな……」

私は部活動もしていないし、学校が終わり家に帰っても、勉強と読書をして一日を終えるだけで、生産性のあることは何もしていない。無駄に一日を過ごしていると言えなくもない。

「私がお金を稼げば佑希の分も払えるし一緒にいられる……」

そんなことを考えながら書店に足を踏み入れる。

店内で忙しそうにしている店員を観察する。棚の整理をしたり、本をシュリンクしたりと忙しそうだ。そんな店員の姿を自分の姿と重ねてみた。

「楽しそう……」

自分が本に囲まれて働いている姿を想像した私は、柄にもなく少し心が躍った。

私はもう一度店の入り口に戻り求人案内のチラシを今度はじっくり見直す。

『週二回・四時間以上。高校生可』

この文字を見た私は店内へと再び戻り、意を決して棚の本の整理をしていた若い男性店員に声を掛けた。

「あの……入り口に貼ってあったアルバイト募集を見たのですが……」

私は勇気を振り絞り、新たな一歩を踏み出した。

◆

書店でアルバイトをしたいと店員に声を掛けた数日後、私は履歴書を持参し面接をして無事採用となった。

勤務初日である今日、放課後は図書室に寄らず制服のまま直接お店にやってきた。

お店の入り口を前に、私は極度に緊張していた。人とほとんど関わらずに普段の生活を過ごしてきた私には、アルバイトなど高いハードルだ。

でも、踏み止まっていても何も起こらない。だから、覚悟を決めて店内に足を踏み入れた私は、若い男性店員に声を掛ける。

「あ、あの今日からアルバイトで採用になりました高井です」

「ああ！　この前、俺に声を掛けてきた高校生！」

その男性店員はアルバイトを始めようと決断した日に、私が直接声を掛けた人だった。

大学生くらいの若い男性で、突然声を掛けたにもかかわらず嫌な顔ひとつせず、とても丁寧に対応していただいた。

「俺は青木達也です。これからよろしくお願いします」

「高井柚実です。こちらこそよろしくお願いします」

私と青木さんは店内で挨拶を交わす。

「じゃあ、今から案内するからついてきて」

「はい」

私はバックヤードを抜け、事務所へと案内された。

「店長、アルバイト初日の高井さんを連れてきました」

この店の店長は女性で、この人に面接をしてもらった。

「高井さん、よく来てくれました。更衣室のロッカーに制服を用意してあるから、着替えて事務所に戻ってきてください」

「はい、分かりました」

「じゃあ、青木くん、高井さんを更衣室に案内してあげて」

「分かりました」

「高井さん、更衣室はこっちだよ」

私は再び青木さんについていく。

「ここが女子更衣室ね。更衣室自体には鍵は付いてないから、自分のロッカーの鍵は閉めてきてね」

「はい、分かりました」

「じゃあ、着替えたら事務所に戻って店長の指示を受けてください」

「はい、忙しいところありがとうございます」

青木さんは、忙しそうに仕事に戻っていった。

「ふう……緊張した。でも青木さんが良い人そうでよかった」

制服に着替えた私のエプロンの胸元には〝研修中〟の名札が付いている。

「店長、着替え終わりました」

「じゃあ、高井さんさっそく業務に入ってもらうわね。今から店内に行くからついてきて」

「わ、分かりました」

いよいよ、記念すべき初めてのアルバイトが始まる。

私は緊張のせいで少し足が震えていた。

「高井さん、研修中は他のスタッフと一緒だし、慣れるまでは接客もないから大丈夫よ。そんなに緊張しないで」

「は、はい」

店長は緊張しないように気を遣ってくれてはいるが、これぱっかりは慣れるしかない。

制服に身を包み、一歩足を踏み入れた店内は、いつも客として来ていた時とは全く違う光景だった。これが私の新たな世界の始まりだ。

「青木くん、今日の教育係は任せたわ。さっき打ち合わせした通りの順番で教えてね」

店長が仕事を教えてくれるわけではないみたいだった。考えてみれば店長は忙しいだろうから、新人一人に構っている暇はないのかもしれない。

「はい、分かりました。任せてください」

「じゃあ、青木くん後はよろしく」

店長は事務所へと戻っていった。

「じゃあ、改めてよろしくお願いします」

「は、はい、よろしくお願いします」

「だいぶ、緊張してるね。高校生ってことだけどバイトは初めて？」

「は、はい、初めてです」

「じゃあ緊張するのも仕方ないか。まずは雰囲気に慣れるところからだね」

「は、はい」

私、さっきから〝はい〟しか言っていない気がする。どれだけ緊張しているのだろうか、少し恥ずかしかった。

「じゃあ、まずは店内を案内するから、各場所の呼び方とか覚えて」

私はエプロンのポケットから小さなメモ帳を取り出し、青木さんについていく。

「そういえば、高井さんが最初、俺に声を掛けてきた時に、なんか見たことあるなぁって思っていたんだよ。で、よく考えたら常連さんで驚いたよ」

青木さんがバックヤードに向かいながら話し掛けてくる。

「え？　私のこと知っていたんですか？」

「まあね、よくお店に来ていたし、可愛い人だなあって」

私は店員に顔を覚えられるくらい常連だったようで、少し恥ずかしかった。

「可愛いなんて、そんな……」

「ある時バッサリ髪を切って店に来た時はビックリしたよ。でも、今の髪型も似合ってるね」

「あ、ありがとうございます」

青木さんは緊張を解すために話してくれているのだろうけど、人とのコミュニケーションが苦手な私は、どう反応していいのか分からなかった。

「あ、こういうこと言うと失礼だったかな？」

「い、いえ、そんなことは……大丈夫です」

青木さんは大学生ということもあって、私と歳が近いせいか砕けた対応をしてくれるお陰で、少しずつ緊張も解けてきたような気がする。

「よかった。じゃあ、説明するからメモして覚えてね」

「は、はい」

「そういえば、今日は閉店までだったっけ？」

今日は青木さんに付きっきりで仕事を教えてもらい、閉店の時間になり勤務初日の仕事は終了となった。

「はい、翌日に学校がある日は、二十一時の閉店時間までにさせてもらってます」

実際には閉店後も業務は残っているが、女性の帰りが遅くならないよう、店長が配慮してくれていた。

「この辺は治安が良いといっても、あまり女性が遅くなるのも危険だからね。うちにはもう一人高校生の女性スタッフがいるけど、その子も閉店時間までの勤務だし」

「もう一人高校生の女性がいるんですね」

「今日は出勤してないけど、そのうち会えるんじゃないかな？　会った時は仲良くしてあげてね」

「はい、分かりました。今日はありがとうございました」

「高井さん、お疲れさまでした」

「青木さんもこのあと頑張ってください。お疲れさまでした」

こうして人生初の労働というものを経験した私は、心地良い疲れを感じながら帰途についた。

◇

放課後、遠山は図書室のカウンターに座り、テーブル席のいつもの場所に見慣れた人物がいないことに、少し寂しさを感じていた。

「遠山！　遊びに来たよ！」

「上原（うえはら）さん、ここは遊びに来る場所じゃないですよ」

　いつものように繰り返される、このやり取りが遠山にも楽しく思えるようになっていた。

「今日は高井さんいないんだね」

　高井がいつも座っているテーブル席に上原は目を向けた。

「ああ、なんでも最近本屋でバイトを始めたらしいんだ。それで、今日はバイトの日らしくて真っ直（す）ぐ帰ったよ」

「ええッ!?　高井さんアルバイト始めたの？　また急にどうしたんだろ？」

　遠山もなんの前触れもなく『アルバイトを始めた』とだけ聞かされ、まさに寝耳に水だった。

「なんでもお金を稼ぎたいからって言ってた」

「何か欲しいものでもあるのかなぁ」

「うーん、そこまでは聞いてないけど。でも、色々とやってみるのはいい経験になると思うんだ。僕もお金が欲しいし、バイトはやってみたいと思ってる」

「そうだね、私もやってみたいかな？　もう少し自由なお金は欲しいと思うよ」

「結局はお金なんだよなぁ」

　遠山も上原も結局のところ、お金のためにアルバイトをしたいというのが現実的な考え方だ。

「そういえば……私たちの周りでアルバイトしている人って少ないよね？」

「ああ、確かに……千尋はバイトしてないし……相沢さんは？」

相沢は放課後、遠山たちより先に帰ることも多いしもしかしたらアルバイトしているのかもしれない。

「美香はファストフードでバイトしてるよ。遠山知らなかった？」

「いや、初耳だよ。そういう話題って今までなかった気がするんだよね」

「アルバイトの話題って、伶奈さんと読モの話題になった時以外、遠山と話したことないよね」

「そういえば上原さんは読者モデルはやらないの？」

「遠山は私に読モやってもらいたいの？」

「うーん……何となく嫌かな……なんか遠い人になっちゃうみたいで」

上原が読者モデルを始めたら、近寄りにくくなってしまうのではないか、そう遠山は考えているようだ。

「芸能人じゃないんだから……でも、安心して。遠山が嫌がるようなバイトはしないから」

「ぼ、僕に気を遣う必要ないよ。上原さんがやりたいバイトをやるべきだよ」

遠山は口ではそう言ったが、悪い気はしていなかった。

「私がバイトする時は遠山に相談するから安心して」

上原はいつでも遠山を中心に考えているのがよく分かる。その気遣いが遠山には嬉しかった。

◆

本屋で私がバイトを始めてから一週間ほどが過ぎた。まだ数回の出勤ではあるものの、少し慣れてきたことで、私はあまり緊張しなくなってきていた。

「高井さん、今から新刊をシュリンクして、店頭に出す準備をするからこっちに来て」

「はい、今行きます」

私はメモ帳を片手に青木さんのもとに駆け寄った。

「この機械で本にシュリンクをしていくから、使い方を覚えてください」

「分かりました」

「どういう仕組みかというと、この本を入れた透明なビニールを熱で縮ませて、本のサイズぴったりにシュリンクされるってこと」

「はい」

「まず、あらかじめ本をこの透明な袋に入れて準備しておきます。で、ここの電源をオンにすると機械の予熱が始まるから、このランプが点灯したら準備完了になります」

「あとは本を投入口のコンベアに流し込んでいくと、反対側からシュリンクされて出てくるのでそれを取り出します。もしシュリンクが緩かったら、ここのつまみでコンベアのスピードを遅くするか、もう一回流し直しすればいいよ。で、注意点としては出口で引っ掛かると、中で商品が玉突きを起こし、熱が加わり過ぎて商品がダメになっちゃうから気を付けてください」

「じゃあ……今見せたように一回やってみようか」

「は、はい、やってみます」

私は商品である本を恐る恐る機械に投入していく。

「そうそう、そんな感じ。簡単でしょう？」

出口でシュリンクされた本を受け通りながら、青木さんは私に微笑(ほほえ)んだ。

「はい、もっと難しいのかと思っていました」

「別に複雑なことじゃないから、さっきの注意点さえ気を付ければ大丈夫だよ」

「はい、気を付けます」

「あれ、この本……」

シュリンクし終わり、受け取った本を青木さんはまじまじと見つめている。

「青木さん、その本がどうかしましたか……？　も、もしかして何か失敗しちゃいました⁉」

「いや、そうじゃなくて……この本が原作の映画が最近公開になったなぁと思って」

「あ、この小説は私も読みました。すごく面白かったです」

「俺も最近読んだんだけど、確かに面白かった。映画もぜひ観たいと思ってたんだ。この作者の他の小説も面白いよ。独特な雰囲気があって唯一無二な作風で、個人的には推し作家だよ」

本屋で働く楽しみは、こういった本好きの人と本の話ができること。青木さんも本屋でアルバイトをするだけあって、かなりの読書家なのかもしれない。

「本当ですか？　時間ある時に調べてみますね」

本の情報が簡単に入手できるのも、本屋で働く特権だ。

『レジ応援お願いします』

バックヤードにレジ応援の放送が流れた。会社員の帰宅時間帯になりレジが混んできたようだ。

「高井さん、俺はレジ応援に行ってくる。この棚にある本は全部シュリンクをお願いします。袋はここの引き出しにサイズ別で入ってるから」

「これを全部ですね」

「じゃあ、頼んだよ」

青木さんは手をヒラヒラと振りながら、店内に戻っていった。

「よし、頑張って終わらそう」

私は棚に積み上げられた本に、シュリンクを黙々とかけ続ける。こういった単純作業は私に向いているようで、集中して作業できたお陰で、あっという間に時間が過ぎた。

「高井さん、お疲れさまでした」

閉店時間になり、シュリンクが終わった本を整理していると、青木さんが業務終了を告げにバックヤードに顔を出した。

「あ、お疲れさまです。頼まれた本は全てシュリンク済みで、分けて棚に置いてあります」

「ありがとう。後は引き継ぐから高井さんは上がってください」

「はい、後はお願いします。青木さん、お先に失礼します」

「うん、お疲れさまでした」

今日も一つ新たな仕事を覚えた。こうやって少しずつできる仕事が増えると、出勤するのが楽しくなってくる。

今日も仕事の充実感で満たされ、気持ち良く一日を終えることができた。

◇

昼休み、遠山の机を中心に集まった上原たちは、朝のＳＨＲ(ショートホームルーム)で宮本(みやもと)先生が話していたことを話題に盛り上がっていた。

午後のＬＨＲ(ロングホームルーム)で、九月に開催される体育祭の実行委員を決めるという話だ。

実行委員は各クラスから男女一名ずつ、計二名が選出されることになるが、学業以外に余計な業務が増えるため、委員をやりたがる生徒は少ない。

体育祭や文化祭などの実行委員は、特に業務量が多く放課後に遅くなることや休日に登校しなければならないことがあるため敬遠される。

「今日、決めるって言ってたけど、やりたい人いるのかな？　私は絶対嫌だなぁ」

相沢が紙パックのジュースに刺さったストローを咥(くわ)えながら、心底嫌そうな表情でブツブツと言っている。

「あれをやりたがる奴(やつ)はいないだろうな。去年の委員をやった人の話を聞く限りでは、毎日遅くなるし休日も登校しなきゃいけないらしいな」

奥山も例に漏れず、やりたくはないようだ。

「どうせなら、カップルのアンタたちがやれば丸く収まるじゃない？」

相沢は奥山と小嶋(こじま)のカップルに目を向けた。

「なんで私たちなのよ!?　翔太(しょうた)と遊ぶ時間がなくなっちゃうじゃない」

もちろん小嶋は不満そうだ。

「一緒に委員やればずっと一緒にいられるじゃない？　それで解決よ」

相沢はどうしても奥山と小嶋にやらせたいようだ。

「でも、カップルで委員ができれば素敵だと思うけどなぁ。美香の言うようにずっと一緒にいられるし」

相沢は面倒だから人に押し付けたがっているが、上原は純粋に羨ましそうにしている。

「じゃあ、麻里花がやればいいんじゃない？」

小嶋はここぞとばかりに上原を標的にした。

「そ、それは相手次第だよ。誰でもいいってわけじゃ……」

上原は隣にいる遠山に目を向けた。

「佑希と上原さんが一緒にやるっていうのはどうかな？」

全員が避けていた提案を何も気付いていない沖田が口にした。

「な、なんで遠山なの」

上原が焦った様子で沖田に質問した。

「上原さん、その話をしながら佑希をチラチラ見ていたから、一緒にやりたいのかなぁって」

ここ最近の上原は、遠山への好意を隠そうとしていないので、沖田にも気付かれていたようだ。ただ、沖田は恋愛感情とかそういう風には捉えていないようだが。

「と、遠山……一緒にどう……かな？」

上原が上目遣いに遠山に同意を求める。上原に頼まれて断る男子など、クラスにほとんどいないだろう。

「ぼ、僕は図書委員をやってるし、両方やるのはちょっと……」

さすがの遠山も上原にお願いされたとはいえ、委員を二つ掛け持ちするのは避けたいというのが本音だった。

「だよね……」

上原は少し期待していたのか、肩を落としガッカリした様子だ。

「そうなると、立候補するような物好きな奴なんていないだろうし、くじ引きかな……俺、くじ運悪いんだよなぁ。いや、こういう時は悪い方がいいのか？」

奥山がどうでもいいことで悩んでいるが、クラスの大半の生徒が同じように思っていることだろう。

「物好きな人が現れるのを期待するしかないね」

結局、相沢が最後に話したように、誰かが立候補してくれるか、くじ引きで外れるかの人任せ、運任せにするしか選択肢はないようだ。わざわざ面倒ごとを自分から進んでやろうという生徒はここにはいなかった。

午後の授業が終わり、ＬＨＲで体育祭実行委員を決める時間がやってきた。

クラスの生徒はほぼ全員、自分が当たりませんようにと祈っていることだろう。

「体育祭実行委員二名を、この時間に決めようと思います」

担任の宮本先生がホームルームの開始を告げた。

「体育祭実行委員は男女各一名ずつの計二名になります」

「まず立候補する人は挙手をしてください」

宮本先生が教壇から、立候補を募り生徒を見回した。

──やっぱりいないか……えっ……⁉

遠山が立候補する生徒がいないと判断した瞬間、クラス内がザワつき始める。

──上原さん⁉

クラスでただ一人、上原が手を挙げていたのだ。

「はい、女子は上原さんで決まりました。あとは男子一名を決めます。立候補する人はいますか？」

宮本先生が今度は男子の立候補者を募った。

やはりというか当然ながら、男子生徒の半分以上が手を挙げていた。クラスで人気の上原と一緒に委員がやれるとなれば話は別だ。

前から二番目の席の上原が振り向き、周囲を見回す。手を挙げていなかった遠山と上原の目が合う。上原の目は何かを訴えているように遠山は感じた。

上原の懇願するような眼差しに負けた遠山は、おずおずと周囲を気にしながら手を挙げた。

その遠山の姿を見た上原は、ぱあっと表情を明るくした。

「立候補者がたくさんいるわね……どうしようかしら」

宮本先生は遠山の顔を見ながら、ワザとらしく困ったフリをした。

「それでは……既に決定している上原さんに、手を挙げている生徒の中から指名してもらいましょうか。上原さん、それでいい？」

「は、はい、それで大丈夫です」

ザワついていた教室がさらに騒がしくなる。上原に選ばれる光栄な男子は誰になるのか、手を挙げた生徒以外は興味津々であった。手を挙げた生徒は自分が選ばれること祈っているだろう。

「それでは指名したいと思います……」

上原が指名する生徒を決めたようだ。騒がしかった教室内が一瞬で静かになり、クラス中が固唾(かたず)を呑(の)んで見守っている。

「体育祭実行委員のもう一人は遠山くんにお願いしようと思います！」

遠山の名前が上原の口から出た瞬間、怒号ともとれる悲鳴が教室中に響き渡った。

たかが一緒に活動する委員を指名しただけだが、二人が噂(うわさ)になっているこの状況で、これは実質、上原の遠山に対する告白みたいなものではないだろうか？

「はい、みなさん静かにしてください。体育祭実行委員は上原さんと遠山くんの二人に決まりました。二人がスムーズに業務ができるよう、みなさんも協力してあげてください」

こうして波乱のホームルームは終了した。しかし、興奮冷めやらぬ生徒たちは噂話を繰り広げていた。

『これで決まりだな。やっぱあの二人はデキてるわ』

『マジでショックだわ。上原さんの相手がまさか遠山とは……』

『そうだと思ってたんだよ……』

『まあ、なんだ……諦めろ』

『上原さん大胆だねぇ。これって告白したも同然じゃない？』

『告白というよりカミングアウト？』

ヒソヒソと話をする生徒たちの中、足早に教室を出ていく生徒が一人いた。

その生徒の後ろ姿は酷く寂しそうで、誰にも気付かれないように静かに教室を後にした。

──高井！

教室を出ていく高井を見つけた遠山が、追い掛けようとするが、上原と共に体育委員会の業務について、宮本先生に説明を受けている最中で抜け出すことができなかった。

高井の寂しそうな背中を、遠山は見送ることしかできなかった。

◆

書店でアルバイトを始めて二週間ほどが過ぎ、ようやく仕事にも慣れて一人でもできる仕事が増えてきた。こんな自分でも役に立っていると感じるようになり、楽しくなってきたのに私の気持ちは沈んでいた。

なぜなら今日の午後にあったホームルームで、上原さんが体育祭実行委員のパートナーに佑希を指名したことによって、クラスでは二人が恋人同士に思われているからだった。

今の状況では二人が恋人同士ではないと否定しても、誰も信用しないだろう。

――私は一体……今まで何をしてきたのだろう……？

上原さんは周囲のことなど気にせず、一途（いちず）に佑希を追い掛けていた。でも、私は佑希からしてもらうばかりで、自分から動こうとせず何もしてこなかった。

もしかしたら佑希も上原さんのことが……そう思うと胸が張り裂けそうだった。

しばらく本の整理に集中していると、余計なことを考えずにいられたお陰で気持ちが少し落ち着いた。本に囲まれていると、心が落ち着いてくるのは図書室と同じだった。

「高井さん、今やっている返本の作業を止めて、明日、店に並べる本の解荷と検品を俺と一緒にやろう」

店内から戻ってきた青木さんが、バックヤードに積んである梱包された本の山を指さす。

「はい、分かりました」

伝票に記載されているタイトルと数量が合っているかチェックし、客注品と分けてバックヤードの棚に並べる。傷品がないか確認したら在庫に計上する。

雑誌などは付録が付く場合があるので、そのチェックも忘れずに本と付録をセット化する。

「追加で入荷した分は、店舗在庫に計上が終わったのを確認したら、すぐ出しちゃっていいから」

解荷作業は新刊をいち早く見ることができるので楽しい。本屋で働き始めてから、本の新刊情報は働く前と比べ物にならないくらい、いち早く入手できるようになった。

「高井さん楽しそうだね」

いつの間にか私は笑顔になっていたようで、その様子を青木さんが微笑ましそうに眺めていた。

「私、本に囲まれていると心が落ち着くんです。だから学校でもほとんどの時間を図書室で過ごしているんです」

「分かるなぁ。俺も本は好きだから、このアルバイトを始めてホントよかったと思ってる。高井さんとも知り合うことができたしね」

「あ、えと……はい、ありがとうございます……」

そんなことを佑希以外の男性に言われたことがない私は、どう反応していいか分からなかった。

「ああ、なんか変こと言っちゃってゴメンね。でも、高井さんとは本の話も合うし、一緒に働けて楽しいと思っていたから、つい本音が出ちゃったよ」

青木さんは照れ臭そうに、頬(ほお)を掻(か)きながら微笑んだ。その表情が図書室で話し始めたばかりの頃の佑希を思い出し、私は少し切なくなった。

その後、私と青木さんの間に会話がなくなり、二人とも作業に集中していた。

「ねえ、高井さん……今度の土曜日って空いてる？」

沈黙の中、青木さんが口を開き私の予定を聞いてくる。土曜日はアルバイトが休みの日だけど、シフトの相談だろうか？

「土曜日ですか？　学校は休みで特に予定はないですけど……それが？」

「いや……その……前に話した映画化された小説のやつ、一緒に観(み)に行かない？」

「え？　私と青木さんの二人で……ですか？」

アルバイトのシフト相談かなにかと思ったが、まさか映画のお誘いとは……しかも二人きりなんて。青木さんは優しくて良い人だし、爽やかで一般的にはイケメンと呼ばれる部類だと思う。だからといって私は佑希以外の男性と、二人きりで出掛けるつもりはない。

「私と二人で行っても、きっとつまらないですよ」

男性に誘われたことなどなかった私は、断り方がイマイチ分からない。

「そんなことないって。高井さんと俺は話も合うし、つまらないなんてことはないよ！　だからそんなこと気にしないでいいから。ね？」

ハッキリと断らないとダメなのだろうか？　青木さんは食い下がってくる。

――でも……私が他の男性に誘われたって知ったら、佑希は嫉妬してくれるかな？

ずっと私は上原さんのことでヤキモキして、鬱屈した気持ちを抱えていた。佑希も同じように感じてくれたら、私を見てもらえるかもしれない。

「……考えさせてください。次のアルバイトの日に返事します。それでいいですか？」

そんなことのために、青木さんを利用するのは申し訳ないと思いつつも、私は敢(あ)えて返答を先延ばしにした。

「分かった……良い返事を期待しているよ」

こんな曖昧な返事にも嫌な顔一つしない青木さんは、本当に良い人なのだろう。私は罪悪感を覚えずにはいられなかった。

◇

いつものように遠山を中心に上原、沖田、相沢が集まり、昼食を終えた四人は机を囲んで談笑していた。

「佑希、話があるんだけどいい？」

お昼は滅多に遠山たちと一緒にしない高井が、遠山に声を掛けた。

「うん、なに？」

「ごめん、ここじゃなくて別のところで話がしたい」

──他の人に聞かれたくない話……なんだろう……？

高井の表情から遠山はあまりいい話ではないと感じた。

「分かった。廊下に出ようか」

「うん」

そのまま遠山は高井を連れ立って教室を出ていった。

「柚実、どうしたんだろ？　少し元気がなかったような気がしたけど……」

相沢もいつもと少し様子が違った高井に気付いていたようだ。

「美香、私、トイレに行ってくる」

高井のことが気になった上原は、トイレに行くと嘘を吐き、二人の後を追って教室を出ていった。

教室を飛び出した上原は、少し離れた廊下の片隅に二人を見つけた。気付かれないように曲がり角に身を隠し二人の会話を聞いていた。

「それで高井、話って？」

言いづらいことなのか、遠山の問い掛けに高井はなかなか口を開かない。

「あのね……この前、バイト先の男性の先輩からね、その……今度の土曜日に……え、映画に誘われたんだ。それで、どうしようか佑希に相談しようと思って」

高井は俯きながら、遠山の様子を窺うように見上げた。

「そ、それで……高井はなんて返事をしたの……？」

「考えさせてって……」

遠山は目を瞑り一瞬悩む素振りを見せたが、ゆっくり目を開くと高井を真っ直ぐに見つめた。

「……そっか……高井がその場でお誘いを断らなかったのなら……一緒に映画に行ってもいいと思ったのかもしれないし、それに僕が口出すことじゃ、ない、と思う」

遠山は言葉に詰まりながら、そう返答する。

「えっ……？　佑希は……私が他の男性と映画に行っても何とも思わない……の？」

遠山の口から出た予想外の言葉に、高井は本心なのか分からず問い質した。

「高井が映画を観たいのに、相手が男性だからダメだって止める資格は僕には……ない」

「……佑希は……本当に……そう思っている、の……？」

高井は他の男性と映画を観にいくと遠山に相談すれば、止めてくれるのではないか、嫉妬してくれるのではないかと期待していた。しかし、それが本心か分からないが、遠山の口から出た言葉は、止めるでも嫉妬するでもなく『好きにすればいい』という無関心とも取れる言葉であった。

「そ、そうなんだ……そっか……じ、じゃあ、好きにするよ……佑希のばか……」

目に涙を溜めた高井は、ポツリと呟き遠山のもとから走り去ってしまう。

――僕はどうすればよかったんだ……？『ダメだ、行くな』なんて言う資格が僕にあるのか？　でも高井はそれを望んでいた？　わざわざ、他の男性と出掛ける話をして僕を試した？　分からない。

隠れて二人の一部始終を見ていた上原もまた、遠山と同じく混乱していた。

「遠山と高井さんは付き合っていない……の？」

二人のやり取りを見ていた上原は疑問に思う。二人が付き合っているのなら、〝行くな〟と言うだろう。でも、遠山は『自分には止める資格がない』と言っていた。

――分からない……遠山と高井の関係は一体……？

上原は分からないことだらけで混乱していた。

「高井さん可哀そう……」

きっと遠山に止めてほしくて、思い切って話したのだろう。しかし、結果は止めてもらえるどころか『自分で決めてほしい』という非情な返答だった。

だからといって上原は高井を慰める立場でもない。高井はあくまで恋のライバルなのだ。

――でも……高井さんが、その男性と上手くいけば、遠山に私だけを見てもらえるかもしれない。

高井を可哀そうと思う気持ちと、脱落すれば自分にチャンスが回ってくるという、相反する感情が上原の心を黒く染めていく。

「あ、教室に戻らないと……」

上原は複雑な気持ちのまま、教室へと戻った。

上原が教室に入ると、遠山と高井の二人はまだ戻ってきていなかった。

「上原さん、少しいい？」

上原は自分の席に座りボーッとしていると、突然後ろから声を掛けられた。

「遠山……？　なに？」

教室に戻ってきた遠山も、少し元気がなさそうだ。高井とあのような会話をしたのだから当然かもしれない。

「今度の土曜日、体育祭の委員の集まりで登校する必要があるって聞いた？」

「ううん……知らなかった」

「さっき、宮本先生に廊下で会った時に聞いただけだから、詳しくは分からないけど」

「そっか、それを承知で受けたんだし仕方ないね」

これこそが誰も体育祭実行委員をやりたくない理由である。学校が休みの日でも登校する必要があるからだ。放課後だと時間が足りないような長時間にわたる話し合いが必要な時は、休みの日に十分な時間を確保する必要があるのだ。

「遠山ゴメンね。私に付き合って委員になったから、休みも潰れてしまって」

遠山を指名した上原は責任を感じているのだろう。

「上原さんは気にしないで。僕も自分で立候補したわけだし」

「でも、私のために立候補したんでしょう？」

どうやら遠山が上原のために立候補したことは、バレていたようだ。

「んーまあ……そうかもしれないけど、一緒にやりたいと思ったのは確かだよ。だから上原さんはなにも気にしなくていいよ」

「うん、ありがとう。私も遠山と一緒なら休みとかいらないから……」

熱っぽい視線を遠山に向けた上原の表情は、恋する乙女そのものであった。

「じ、じゃあ、僕は席に戻るよ」

上原の様子がおかしくなってきたので、遠山は逃げるように席へと戻った。

――高井……やっぱり元気ないな。

遠山と話をした後、図書室に行っていたと思われる高井は、昼休みが終わる直前に教室へ戻ってきた。いつものように無表情ではあるが、心に暗い影を落としていることは、遠山にも上原にも分かった。だが三人にはこの状況をどうすることもできず、お互いに見守るしかなかった。

◆

映画に誘われたことを佑希に相談した日の放課後、私はアルバイト先に向かって歩いていた。

「どうしよう……今日は青木さん休みだからいいけど、いつかは返事しなきゃいけないのに……」

楽しかったアルバイトも今は行くのが憂鬱だった。

「でも、ちゃんと返事しないと……」

私自身が選ぶことを佑希が望んだとしても、答えはひとつしかない。だから、その気持ちを大切にしていこう。

バックヤードで解荷している時も、昼休みにした佑希との会話が頭を過る。

――私が他の男性と二人きりでも佑希は気にならないの……？

佑希に嫌だと言ってほしかった。たとえ恋人同士じゃなくても、きっと佑希はそう思ってくれている。でも、そんな私の考えはただの思い込みだった。

そんなことを考えていると涙が溢れそうになる。

――ここがバックヤードでよかった……こんな姿を客には見せられない。

「あれ、柚実どうしたん？　もしかして泣いてるの？」

「藤森さん……な、なんでもない……」

同じ高校生アルバイトの藤森加奈子さんに泣いているところを見られてしまった。

「なんでもないわけないじゃん！　何があったの？　あたし、話聞くから」

藤森さんは私と同じ高校二年生でバイトの先輩だ。ギャルっぽいけど優しくて、いつも私を気にかけてくれていた。

「ありがとう。でも、今はバイト中だから……」

「そう……分かった。でも、後で聞かせて。話すだけでも気持ちも楽になると思うから」

「うん……」

「じゃあ、あたしレジに戻るから、何かあったらすぐに言ってよ」

藤森さんは心配そうに店内へと戻っていった。

——見られちゃったな……気持ちを切り替えて仕事をしないと迷惑掛けちゃう。

藤森さんが声を掛けてくれたので、少し気持ちが落ち着いた。私は佑希と上原さんのことは考えないように、作業を再開した。

閉店時間を迎え、私と藤森さんは更衣室で帰宅の準備をしていた。

「柚実、もう落ち着いた？」

藤森さんが心配そうに私の顔を覗(のぞ)き込んできた。

「うん、もう大丈夫。藤森さん心配してくれてありがとう」

「いいってことよ。それより帰りに少しコンビニ寄っていかない？　あたしお腹空(なかす)いちゃったからなんか食べて帰りたい」

「うん、分かった。三十分くらいなら大丈夫」

「おっけー！　じゃあ決まりね。さっさと着替えて行こ」

藤森さんは明るくてフレンドリーだ。こんな接しにくそうな私にも、こうして仲良くしてくれている。

「店長、お先に失礼します」

「店長、おさきでーす」

　藤森さんは店長が相手でも砕けた態度は変わらないが、ちゃんと敬意を払っているのは仕事中の態度で分かる。それを店長も分かっているから、何も言わないのだろう。

「はい、二人ともお疲れさまでした。気を付けて帰ってね」

　スタッフ専用の通用口から外に出た私たちは、近くのコンビニへと向かう。

「柚実は仕事慣れた？」

「うん、藤森さんや青木さんが丁寧に教えてくれるから、だいぶ慣れてきたよ」

「そっか。それでこのまま続けられそう？　同世代の女子がいないから……このまま柚実にはバイト続けてほしいなぁって」

　女性スタッフは他にもいるが、パートの主婦だったり社員だったり年上の人が多い。だから藤森さんは、同じ高校生の私にいてほしいのだろう。

「仕事は楽しいし、みんな良い人ばかりだから続けたいと思ってる」

「よかった！　柚実がいてくれればあたしも楽しいから嬉しいよ」

「私も藤森さんがいてよかった」

「もう、柚実ってば嬉しいことを言ってくれるねぇ」

　今まで、こんな風に接してくれる人はいなかった。だから私はアルバイトを始めて本当によかったと思う。

私たちはお店から数分歩いた場所のコンビニに到着した。買い物を済ませた私たちは駐車場でお喋(しゃべ)りに花を咲かせていた。

「柚実はなにも食べないの？」

「私は家に帰ったら夕飯があるから」

今は私と姉さんで夕飯を交替で作っている。バイトがある日は姉さんにお願いしているから、今日は姉さんが夕飯を作っているはずだ。

「藤森さんは家に帰ったら夕飯も食べるの？」

「ううん、あたしはバイトの日に夕飯は食べないよ。食べる時間が遅いと太っちゃうからね。だから、いつもコンビニで少しだけ食べて帰るんだよ」

「私も夕飯、食べない方がいいのかな……」

「あたしは太りやすいから気を付けてるけど、柚実は大丈夫そうじゃん？」

藤森さんは私の身体を嘗(な)め回(まわ)すように隅々まで見ている。

「な、なにか変かな？」

「いや……柚実は腰からお尻にかけてエロいなぁって……」

それは安産型でお尻が大きいということだろうか？

「私、それ気にしているの……」

「い、いや、悪いって言ってるわけじゃなくて、むしろ良い？　そそる感じだよ」

褒められているのか私には判断できない表現だった。

「それって喜んでいいことなの？」

「いいも何も、あたしが男だったら放っておかないよ！」

「そ、そう……ありがとう……？」

素直に喜べないけど、藤森さんは一生懸命に褒めてくれているので、素直に受け取っておこうと思う。

「それでさ……そんな素敵な柚実を泣かせたのは一体誰よ？　男？」

藤森さんは今までのお茶らけた雰囲気から、真剣な面持ちになった。

「それは……」

私は話すべきなのか判断に迷っていた。

「喋ってスッキリしちゃいなよ」

学校のように、しがらみのない関係の藤森さんになら、話してもいいのではないかと私は思い始めていた。いや……むしろ誰かに聞いてほしかった。

「うん……聞いてくれる？」

「もちろん！」

誰かに聞いてもらったからといって解決するわけでもない。でも……一人で抱えていても思考の迷宮に入り込んでしまい出口が見つからない。だから私は僅かな光を求めて話すことを決めた。

コンビニの駐車場の片隅で、佑希と上原さんと私の関係を藤森さんに話した。私と佑希がセフレの関係であることは伏せて、好きな人ということにし、加えて青木さんに映画に誘われて断りづらいことも話した。

「あーそれは複雑だねぇ。でも、その上原さんって人、柚実の話を聞く限りでは随分とスペックが高そうだね」

「うん……友達が多くて、優しくて、スタイルが良くて人気があって本当に良い人だよ」

「ライバルなのにベタ褒めだね」

「うん、それくらい素敵な人だから……」

「あたしは会ったことないから分からないけどさ……柚実も素敵だよ。きっと上原さんとやらに負けてはいないと思う。でも……」

藤森さんは私の顔を見ながら続けた。

「話を聞く限りだと、体育祭の委員だっけ？　それに二人が選ばれちゃったのは不利だよね」

「うん……」

あれで一気に佑希と上原さんがカップルだという認識が、クラス中に広まってしまった。

——上原さんと噂になっていることを佑希はどう思っているのだろうか？

佑希の本心を知りたいとは思っていても、自分の本心すら彼に話したことがないのに、それはムシのいい話なのかもしれない。

——っ⁉

藤森さんは突然、私に抱き付いてきた。

「辛かったら、いくらでも話はあたしが聞くから一人で悩んじゃダメだよ」

藤森さんは私を抱き締めながら、優しい言葉を投げ掛けてくれた。

「うん、ありがとう……」

「それでさ……達也との映画はどうするの？　どうせなら一回デートしてみれば？　遠山くんを諦めろとは言わないけど、他の男性を知るのもいいかもよ？」

私の身体から離れて藤森さんは続けた。

「ううん……青木さんに気を持たせてしまっても、申し訳ないし……男性と二人きりで出掛けて、佑希に誤解されるのも嫌なの」

「まあ、それもそうか……達也は良い人だし悪くはないとは思うけど、まだ諦めるには早いか……」

藤森さんはたぶん、佑希の代わりに付き合うのもありではないかと提案している気がする。

「じゃあさ……断わりにくいなら、あたしに良い案があるんだ。任せてもらえない？　次の出勤はちょうど三人一緒でしょ？」

「うん、確かそうだったと思う」

「悪いようにはしないから！」

「う、うん……じゃあ藤森さんにお任せしようかな」

「うん！　任せて！」

私の気持ちを知った上での藤森さんの提案だからきっと大丈夫だろう。

今日、藤森さんに少し話を聞いてもらえたことで、私は少し救われた思いだった。

◇

週末の土曜日、体育祭実行委員の話し合いが行われるため、遠山と上原は学校が休みの中、登校していた。

「今日のミーティングは午前中から始まって、お昼休み挟んで午後もやるんだよね。寝不足だから寝てしまわないか心配なんだけど……」

昨日は夜更かしをしてしまい、遠山はあまり睡眠を取っていなかった。

「遠山、大事なミーティングがあるのに昨日なにやってたの？」

大事なミーティング当日に寝不足と言われ、上原は呆れた様子だ。

「本を読んでたんだけど、それが面白くてさ、やめられなくなっちゃたんだ。お陰で三時間しか寝てない」

「三時間じゃキツイね。途中で寝たりしないでよ。恥ずかしいから」

クラスを代表する委員が寝ていたら、クラスの笑い者になるだけでなく、クラス自体も笑われてしまう。

「まあ、頑張ってみるよ」

「寝そうになったら私が起こしてあげるから」

「よろしくお願いします」

ミーティング自体は活発に議論が交わされ、眠る暇がないくらい忙しかったので、遠山は何とか午前中のミーティングを乗り切った。

遠山と上原は自分たちの教室でお昼休みを過ごしていた。

「午前中の話し合い、かなり白熱してたね」

上原が言うように話し合いが始まってから、委員経験者の生徒を中心に激しい議論が交わされた。初めて委員をやる遠山と上原はついていけず、成り行きを見守るだけだった。

どのクラスの委員が何を担当するか、競技の選定など決めることは山積みだ。今日一日で決めるわけではないが、夏休み前に決定しなければならないことが多い。午後の話し合いも白熱することだろう。

「まあ、実際に僕たち未経験者は、いきなり案を出せって言われてもできないから、黙って経験者の話を聞いてるしかないよね」

遠山は初日から人任せにすることを決めていた。

「各クラスの委員の役割分担は今日決めるって話してたね」

「え？　そんなこと言ってたっけ？」

上原は遠山に確認するも、覚えていないようだった。

「遠山……目は開いてたけど、もしかして寝てた？」

「記憶にないから寝てたかも……」

「午後はシッカリ起きててよ？　もし内容を聞きそびれていたら恥ずかしいよ」

上原は堂々と寝ていた遠山に呆れ顔だ。

「午後のために少し仮眠するから時間になったら起こして」

「うん、分かった……遠山、膝枕してあげよっか？」

上原は遠山を揶揄うように、自分の膝をポンと叩いた。

「マジで？　助かるよ」

上原の冗談と分かっていた遠山は、狼狽えることなく平然とした態度で余裕を見せる。

「じょ、冗談だって」

「冗談なんだ……残念」

「と、遠山がどうしてもって言うなら……してあげてもいいけど？」

「はいはい、おやすみなさい」

――そういえば、今日は高井がバイト先の先輩と映画を観にいく日だっけ……今頃、一緒なのかな……？

机に突っ伏していた遠山は眠気で意識が朦朧とする中、高井のことを思い出す。

――なんか嫌だな……。

薄れゆく意識の中、遠山はそんなことを考えながら、深い眠りに落ちていった。

「もう……せっかく膝枕してあげようと思ったのに……遠山、おやすみなさい」

上原はグッスリと眠っている遠山を、昼休みが終わるまで見守っていた。

昼休みが終わり、打ち合わせが再開した。午後の議題は各クラスの役割分担を決める話し合いになり、遠山と上原は体育祭で使う備品の管理全般の担当に決まった。

担当が決まったところで今日のミーティングは終了となり、各クラスの委員は解放された。

「ふわぁっ……やっと終わった……」

会議室を出た遠山は、大きな欠伸をしながら両手を上げ、背筋を伸ばした。

「遠山、午後は寝なかったみたいで偉いね」

「お昼休みに少しだけ寝られたからね。あれだけでもだいぶ違うもんだよ」

「次はちゃんと睡眠とってきてよね。遠山が寝ないように監視してるの、結構大変だったんだから」

午後のミーティング中は、数分おきに上原が遠山に声を掛け続けた甲斐もあり、眠らずに済んだ。

「上原さんゴメン。次は気を付けるよ」

「寝てました、話聞いてませんでしたって、恥ずかしからね」

「肝に銘じておきます……」

寝不足の原因は個人的な事情であり、それを理由に言い訳はできない。

「じゃあ、そろそろ帰ろっか」

「そうだね、学校にいても仕方がないし」

遠山と上原は、荷物を取りに教室へ戻った。

「あ、遠山、帰りにお茶でもして帰らない？」

「うーん……そうだね……どっかに寄っていこうか」

遠山は少し逡巡するも、上原の提案に乗ることにした。

「うん！　駅前でお茶でもしていこう！」

上原はよほど嬉しかったのか、ぱあっと表情を明るくし、満面の笑みを浮かべた。

学校から二人で駅まで移動している間。上原は楽しそうに遠山に話し掛けている。

「でね、美香ってば――」

一方的に遠山に話し掛けていた上原が会話を途中で中断し、上の空で様子のおかしい遠山に顔を向けた。

「遠山どうしたの？　ボーッとしちゃって……まだ眠い？」

遠山は心ここにあらずといった感じだ。

「あ、ああ……まだ寝惚けてるのかも……で、上原さん、なんだっけ？」

「私が一方的に話し掛けていただけだから、遠山は気にしなくていいよ」

この後、駅に向かって歩く二人に会話はなかった。

遠山がなにか別のことを考えているように上原には感じた。二人は駅に着くまで終始無言だった。

「じゃあ、適当にその辺のカフェに入ろうか？」

住宅街を抜け駅に近くなり、ちらほらとショップが増えてきた辺りで、上原が遠山に声を掛けた。

反応がない遠山に上原は怪訝な表情を向けた。

「……上原さん……用事を思い出したから今日は先に帰ってて。ホントごめん」

「え……？」

「遠山……？」

上原の言葉も聞かずに背を向け、駅に向かおうとする遠山。

「イヤッ！　遠山行かないで……」

立ち去ろうとする遠山の腕を、上原は摑んでそれを止めた。

「上原さん……」

「遠山……高井さんのところに行こうとしてるんでしょ……？」

「どうしてそれを……」

遠山の様子が途中からおかしかったのは、高井のことを考えていたからだと上原は気付いていた。

「この前、廊下で遠山と高井さんが立ち話をしているのを、隠れて聞いてたの……」

──上原さんに聞かれていた⁉

迂闊だったと遠山は後悔するも時すでに遅し、高井との関係を更に疑われるような話を上原に聞かれてしまった。

「遠山は他の男性と高井さんが、一緒にいるのが嫌なんでしょう？　だから今から止めに行こうとしてる」

高井に対して、自分は他の男と遊びに行くのを止める資格はない、そう遠山は口では言ってはいるが本心ではない。本当は嫌だった。だから心の片隅に引っ掛かっていた。

「でも……大丈夫だよ。高井さんは他の男性と二人きりで出掛けたりしないから。分かるよ……だって……（高井さんはあなたしか見ていないから）」

上原は涙を溜(た)め、言葉を詰まらせながら、必死に遠山を引き止めようとしている。

「だから……行かないで……今は私だけを見て……」

遠山の腕を掴む上原の両手の力が強くなる。絶対に離さないという意思を遠山は感じた。

「分かった……行かないよ。だから……泣かないで」

「うう……っ……」

遠山のその言葉を聞いた上原は、我慢することができず溜めていた涙をポロポロと流し始めた。

遠山は繁華街の真ん中で人目も憚(はばか)らず、上原を引き寄せ無言で抱き締めた。

「遠山……」

どれだけの時間、上原を抱き締めていただろうか？　おそらく三十秒にも満たない時間だっただろう。落ち着いたのか上原の涙は止まっていた。

「上原さん、今日はもう帰ろう。僕もこのまま家に帰るから」

抱き締めていた上原から身体を離した遠山はそう告げた。

お互い感情が昂ってしまっている今、二人とも正常な思考ができないと思った遠山は、冷静になるためにも一度離れる必要があると考え、帰宅することを提案した。

「そうだね……今日は帰る」

自分も気持ちを整理する必要があると、上原も思ったのだろう。

「改札まで見送るよ」

「うん……」

二人は違う路線だが、上原が心配な遠山は駅まで見送ることにした。

駅に向かって歩き出した遠山の手を、上原が後ろから少し触れた。遠山はそれに応え、その柔らかい手を握り返した。

「上原さん……⁉」

二人は駅までの道のりを、恋人同士のように手を繋ぎ歩いていった。改札で名残惜しそうにしている上原を帰るように言い聞かせ遠山は見送った。

「さて……僕も帰ってとりあえず寝るか……」

上原の柔らかい手の感触と温もりが、遠山の掌にはまだ残っていた。

◆

私は今、青木さん、藤森さんの三人で映画を観終わり、帰宅するために駅へと向かっているところだった。

なぜ、こうなったかというと、映画を観に行く返事をする日の休憩時間、私と青木さんが休憩室にいる時に藤森さんが乱入してきてこう言い放った。

『柚実、今度の土曜日、映画を観に行かない？』

藤森さんは私が映画に誘われていることを知らないフリをして、青木さんの目の前で同じタイトルの映画に誘ってきた。

『ふ、藤森さん……あの……実は青木さんに同じ映画を観に行こうと誘われてて……』

『あ、そうなん？　じゃあ、三人で観に行こっか？　達也、いいよね？　可愛い（かわい）ＪＫ二人と一緒に映画なんて嬉しいっしょ？』

三人で行けば断らずに済むし、青木さんの目的の半分は達成される。

『ま、まあいいけど……じゃあ、決まりだな。予約は俺が取っておくから時間はあとでメッセージで送るよ』

青木さんは一瞬だけ表情を変えたが、その後は特に不機嫌になったりする様子もなく普段通りの良い人だった。藤森さんの機転と青木さんの人柄の良さで私は悩みを解決することができた。

藤森さんのお陰で青木さんの誘いを断ることなく、映画を観に行くことになった。

遅い上映時間にしか予約が取れなかったこともあり、映画を観てそのまま解散の流れとなった。

「じゃあ、柚実、達也もまたバイト先でねぇ」

駅前で違う路線の藤森さんと別れ、私と青木さんは二人で駅へと向かった。

「青木さん、今日は予約とか色々とありがとうございました」

「いや、ちょっと予定とは狂っちゃったけどね」

青木さんは苦笑しつつも爽やかに笑った。

「ご、ごめんなさい……」

今回の藤森さんの件をあらかじめ知っていた私は、少し申し訳ない気持ちになった。

「いや、高井さんは悪くないから謝らなくてもいいよ」

こうなっても悪い顔一つしない青木さんは本当に良い人なのだろう。だから私は罪悪感を覚えずにはいられなかった。

「でも……」

「まあ、予定は狂っちゃったけど、こうやって最後二人きりになれたのは予定通りだしね」

「それってどういう……？」

――予定は狂ったけど予定通り？

何を言っているのか分からない私は青木さんに顔を向けた。

「高井さん。その……俺と付き合わない？」

「え……？」

――付き合うって……男女がお付き合いをするって意味……？

なんの前振りもなく、言われた言葉に私はその意味を理解するのに少し時間がかかってしまう。

「あ、青木さん……それはどういう……」

「言葉の通り、俺と付き合わないかってこと」

――これって告白？

「で、でも、私と青木さん知り合ったばかりだし……」

「実はさ……高井さんがお客さんの頃からいいなぁって思ってたんだよ。それでバイトで一緒に働くようになってからその人柄に触れて、もっと好きになったんだ」

「そ、そんな……私なんて……」

私は佑希に好きという言葉を未だ言えずにいる。だから、青木さんがこうもアッサリと告白してきたことに私は驚きを隠せなかった。そんな簡単なことなのだろうかと。

「あ、決して軽い気持ちで言っているわけじゃないよ。それだけは分かってほしい。ただ、俺は恋愛に関しては難しく考えないようにしているんだ。好きだったら好き。思い立ったらすぐに動かないと、誰かに先を越されてしまうからね」

青木さんの言葉は私の胸に突き刺さった。私がモタモタしている間に上原さんが佑希の心を染め始めている今の状況は、まさに私がグズグズしていたせいでもある。

「それで……どうかな？　今すぐにとは言わないから、返事を考えてもらえないかな？」

いくら時間を掛けようとも私の答えはひとつしかない。青木さんが言うように先送りする意味はない。

「青木さん……ごめんなさい」

だから私は即答した。

「……そっか……理由を聞かせてもらえるかな？」

青木さんは少し悲しそうな表情を見せたが、すぐに元の表情に戻り理由を尋ねてきた。

「私には……好きな人がいます。だから青木さんと付き合うことはできません」

「そっか……その好きな人とは付き合ってはいないの？」

「……はい、付き合っていません」

「なら……まだチャンスはあるかな？　うん、それだけで十分だよ」

「本当にごめんなさい……」

「いや、高井さんが謝る必要はないよ。これは俺の気持ちの押し付けだからね。こっちこそ突然無理言ってごめん」

「いえ、そんな……」

「それじゃあ、今日はここでお別れにしよう。これでも振られて傷付いてるから、少し駅前をブラついて心を落ち着かせてから帰るよ」

「……」

青木さんを振った私には何も答えることはできなかった。

「次、会う時は今日のことは忘れてとは言わないけど、気にしないで普通に接してほしい。俺もそうするから」

「はい、分かりました。これからも青木さんとは仲良くしたいと思っています」

「うん、そう言われると嬉しいね……それじゃ気を付けて帰ってね」

そう言って青木さんは笑顔で立ち去っていった。とはいえ、傷付いていると自分で言っていたから、無理して笑顔でいたのだろうと思うと、私は少し心が痛んだ。

――誰も傷付かないということは無理なんだ……。

私が誰かを傷付けるかもしれないし、自分が傷付くかもしれない。その覚悟を私は決められるのだろうか……？

第八話　期末試験とその結末

　梅雨明けしないまま七月に入り、遠山の通う高校は期末テストの初日を迎えた。

　三日間のテスト期間で九科目のテストがある。もちろん赤点を取れば夏休みは補習と追試になる。

　テスト直前まで参考書を見直したり、ギリギリまで勉強している生徒を横目に、遠山は上原と沖田と向かい合い、お喋りに興じていた。

「今回はちゃんと勉強してきた？　佑希はいつもギリギリになってから勉強を始めるから心配だよ」

　沖田が心配そうに遠山に目を向けた。

「まあ、今回もたぶん大丈夫じゃないかな？　やるだけのことはやったよ」

「佑希はやればできるのに、いつも赤点を取らないくらいギリギリだよね。頑張ればもっと上へ行けるのに」

　沖田の言う通り、遠山はあまり成績が良い方ではない。成績はクラスで真ん中、学年では中間の少し下くらいといたって普通だ。

「千尋(ちひろ)、それは買い被(かぶ)りだな。僕の実力はこんなもんだよ」

「そうかなぁ……」

遠山は自己評価が低いわけでなく、自分で努力する範囲を制限しているような感じだった。

「確かに遠山は本気を出していないって感じだよね」

上原も沖田と同じように思っているようだ。

「そういう上原さんは成績良いよね。いつもクラスで上の方だし、学年でもいい線いってるし」

容姿端麗で成績も良くてクラスの人気者とか、完璧過ぎて遠山には眩(まぶ)しい存在であった。

「うちは両親が成績に関しては厳しいからね。成績が悪くなっちゃうと門限が早くなったり、塾に通わされるから頑張ってるだけ」

そういった煩わしことを避けるために、努力するというのも賢い選択肢だ。

「うちは両親が結構いい加減だからなぁ。赤点取らなきゃいい、みたいな感じだから頑張って成績上位を目指そう、とか思わないんだよね」

ある程度、親からの制限や圧力は必要だということだ。

「その点、千尋は凄(すご)いよな」

沖田は一年生の頃から常に学年で上位に入っている。素行も良く模範的な優等生だ。

「ぼくは勉強が好きだからね」

「勉強が好きとか、考えられないなぁ」

遠山は信じられないと苦笑した。

「佑希が本を読むことが好きなように、ぼくには勉強がそれにあたるんだよ」

「千尋にそう言われると、説得力があるな……」

「確かに。好きなことなら苦にならないもんね」

上原も沖田の言葉に納得しているようだった。

テスト前でいつもより静かな教室に、担任の宮本(みやもと)先生が入ってきた。

「それではＳＨＲ(ショートホームルーム)を始めます。みなさん席に着いてください」

「それじゃあ、テスト頑張ろうね」

上原が二人に励ましの声を掛け、自分の席へと戻っていった。

ＳＨＲが終わればいよいよ期末テストが始まる。遠山は期末テストに向けて気を引き締め、なんとなく気になり高井(たかい)の席に目を向ける。

いつも読んでいる小説ではなく、ノートを開きそれに集中していているのか、遠山の視線に高井は気付いていないようだった。

──珍しいな……高井はいつもテスト直前でも小説を読んでいるのに。

今回のテストに高井は、自信がないのかもしれない。

午前中に三科目のテストを行い、本日のテストは終了した。

午前中に学校は終わるので午後からは自由になるが、遊びに行く生徒はいないだろう。

帰り支度をしている高井の姿を目にした遠山は、テストの出来がどうだったか気になり声を掛けた。

「高井、テストどうだった？」

「ん、まあまあ」

なんとも微妙な返答だが、高井はテストの出来を聞くと良いとも悪いとも言わない。だから聞くだけ無駄ではあるが、聞かずにはいられないのが、テストが終わった後の高校生というものだ。

「でも、高井はテストギリギリまでバイトしてたみたいだけど、勉強の方は大丈夫だったの？」

そう、高井はテストが始まる二日前までバイトをしていた。

「……大丈夫。それも考えてバイトを入れている、から」

問題ないと言っている割には、言葉を詰まらせたように遠山は感じた。

「そう……それならいいけど。さすがにテスト期間中はバイト休みだよね？」

「テストが終わるまでは休みにしているから、佑希は心配しなくても大丈夫」

「そっか……じゃあ明日も頑張ろうな」

「うん……佑希も頑張って。また明日」

高井は席を立ち、教室の出口へと向かっていった。高井のその後ろ姿が遠山には元気がないように映った。

テスト期間中、雨が降り続く中、無事に三日間のテストを終え、遠山は机に突っ伏しながら叫んだ。

「終わった――ッ！」

テストが終わった喜びの叫び声が教室中に響き渡る。

「佑希、お疲れさまでした」

前の席に座っている沖田が振り向き、涼し気な表情で遠山を労う。

「テストがやっと終わったっていうのに、相変わらず千尋は顔色ひとつ変えないなぁ」

教室中の生徒が喜びを全身で表している中、沖田だけは普通の授業が終わった時と同じように振る舞っていた。

「ぼくだってテストが終わってホッとしてるんだからね」

余裕に見えている沖田にも、それなりのプレッシャーはあるのだろう。

「遠山、テストどうだった？」

上原が遠山の席に駆け寄り、テスト後お決まりの台詞(せりふ)を言ってきた。

「デキは……いつも通りです！　聞かないでください」

自分自身の手応えとしては、いつも通り以外の表現がないくらいの出来だった。つまり『たぶん大丈夫』というレベルである。

「そういう、上原さんはどうだったの？」

「んーまあ、悪くはなかったかな？　そんな感じ」

上原も『いつもと同じくらい良くできた』ということだろう。

「上原さんはいつも頑張っているから、きっと今回も大丈夫だよ」

沖田が満面の笑みで、頑張った上原を称(たた)えた。

「今回も沖田くんには敵(かな)いそうもないけどね」

「そんなことないよ。結果が出てみないことには分からないよ」

そんな、上位組の会話に遠山は参加することはできなかった。

「そうそう、これから美香(みか)とカラオケ行くんだけど、遠山と沖田くんもどう？」

カラオケもテストが終わった学生の定番だ。

「お金ないから長時間じゃなければ僕は大丈夫だけど、千尋は？」

遠山はお金に余裕があまりなかった。しかし、遊びたいという気持ちが優先し、先のことは考えていなかった。

「うん、ぼくも大丈夫だよ」

「じゃあ、二人は決まりだね。高井さんにも聞いてくる」

「あ、高井には僕が声を掛けてくるよ」

上原が高井のもとに向かうのを遠山は止めた。

「じゃあ、お願いね。私は奥山くんと理絵にも声を掛けてくる」

最近は奥山、小嶋カップルも時々ではあるが、放課後一緒に遊びに行くようになった。

「高井、上原さんがカラオケ行こうって言ってるけどどうする？」

遠山は帰り支度をしている高井に声を掛けた。

「ごめんなさい。私はこれからバイトだから」

「え？　もう今日からバイト入ってるの？」

テスト最終日までバイトを入れていることに、遠山は驚きを隠せない。

「バイトそんなに楽しいの？」

「うん、バイトの先輩も優しいし、たくさんの本に囲まれて楽しいよ」

先輩という高井の言葉を聞いた遠山は少し心に痛みが走った。

「高井……バイトの先輩と映画を観に行くって言ってたけど……」

バイト先の大学生の先輩に、デートに誘われたことを遠山は気にしていた。廊下での一件以来、そのことに触れなかったので遠山は高井がどうしたのかを知らない。

「佑希……映画はバイト先の女子と三人で行ったから」

「そっか……よかった……」

高井の口からそう聞いた遠山は、ホッと胸を撫で下ろした。

その表情を見た高井は、少しだけ嬉しい気持ちになった。

——嫉妬……してくれたのかな……？

そうであってほしいと、高井は心から願った。

「じゃあ、私は時間だから行くね」

「あ、ああ、じゃあまた明日」

高井が他の男と二人きりで出掛けていなかったことが嬉しくもあり、嫉妬していたことを恥じた。

——僕にそんな資格ないのにな。

遠山は嬉しさと嫉妬心で複雑な気持ちだった。

◆

期末テストが終わってから一週間後の夜、私はリビングのテーブルで母と向かい合っていた。食事も一緒にすることもほとんどない母と、こうやって話をするのは久しぶりだった。

「柚実、担任の宮本先生から連絡が来たわよ。二科目も赤点だったんだって？」

うちの高校では各科目の平均点の六十％以下の点数が赤点になり、二科目以上赤点を取ると保護者に連絡がいく。

私は元々苦手だった数学Aと化学の二科目で、赤点を取ってしまった。

「お母さん、ごめんなさい……」

「理由は自分で分かっている？　アルバイトを始めてから、帰ってくるのが遅くなって勉強時間が減ったから、それで間違いない？」

母が指摘している理由に間違いはない。しかし、根本はアルバイトを始めた理由にあった。そもそも、アルバイトを始めたのは、お金が欲しかったからだ。そしてお金が必要な理由は、佑希と遊ぶお金が欲しかったから。自分でも情けない理由で赤点を取ったと思う。でも、私には大切なことだった。

「はい、間違いないです……」

私の心の支えでもある佑希と会えないのなら、アルバイトをしてもしなくても、勉強に手がつかなかったかもしれない。それだけ私は佑希に依存していた。

「ふぅ……私は……アルバイトをすることも、柚実が彼氏を作って家に呼んでも、それは悪いことだと思っていない。色んな経験を積むのは良いことだし、私も高校生の頃のことを考えると分かるから」

　でもね、と母は続けた。

「だからといって勉強を疎かにしてはダメ。傍から見れば私は放任主義に見えるかもしれない。でも、私はいつでも娘の将来を考えているつもり。幸せになってほしいと思ってる」

　私に対して母が、こんな話をするのは初めてかもしれない。

「だから学校の成績が悪ければ叱るし、もし無断外泊したらもちろん怒るし、心配もするわ」

「だったら……だったら！　もっと早く言ってくれればよかったのに！　何も言ってくれなきゃ分からないよ……何も期待されていないと思っていた。だから、せめてお母さんに迷惑をかけないようにしてきた……それを今になって言われても分からないよ……」

　私はずっと母の思いを知らないまま、中学、高校と過ごしてきた。母が思いの丈を話してくれた今の今まで。

「ごめんなさい……何も言わなくても柚実なら分かってくれると思い込んでいた。怜奈が大丈夫だったから、柚実も大丈夫、そう私は思っていたかもしれない。だけど……柚実は怜奈じゃないのよね……柚実ごめんね、寂しい思いをさせてしまって……ごめんね……」

　母は何度も私に謝った。

褒められることもなく、怒られることもなく感情を殺し、私は淡々と過ごしてきた。

佑希と出会って、様々な感情を抱えて今は生きている。楽しかったり、切なかったり、時には嫉妬したり。佑希が開けてくれた心の扉は、もう閉めることはできない。これからも開いた扉から、様々な感情が溢れ出ることだろう。

現に今も、私から色々な感情が溢れ出ている。抑えてきた感情が一気に溢れ出してどうしようもなかった。

「ううん……私もお母さんの気持を理解しようとしなくて、ごめんなさい……」

「柚実が謝ることなんて、ひとつもないのよ。全部私が悪いの。もっと柚実とお話をすればよかった。でも……今は柚実の気持ちを知ることができてよかった……だから、これからのことを、もっと二人で話しましょう」

今回私が赤点を取ったのは自業自得だ。私の弱い心が佑希に依存してしまい、このような状況を招いてしまった。

「……お母さん、聞いて。夏休みが始まってすぐに補習が一週間あって補習後の追試に合格すれば赤点は回避できるの。だから……それまでバイトは休んで、門限は十八時にして勉強に打ち込もうと思うの」

赤点を取った責任は自分で取らなければならない。だから、私の覚悟を母に見せる必要があった。

「そう……柚実が自分で決めたことなら私は応援する。伶奈にできるだけ家事をやるように言っておくから」

「家事は今まで通りにやります。姉さんも就職活動があって忙しいだろうし、私だけ甘えるわけにはいかない」

「……分かったわ、そこまで決意が固いならやってみなさい。私は見守っているから。でもね……辛くなったらいつでも話をして……私はもう後悔はしたくないから」

「ありがとう、お母さん。もう私は……我慢しないよ」

私は赤点を取ったことで母の気持ちを知ることができた。世の中に辛いことや悲しいことはたくさんあるけど、それらの意味を考えることが大事だと、私は嫌というほど思い知らされた。

◇

放課後、図書委員の業務がひと息つき、遠山は返却された本を棚へと戻す作業をしていた。

「佑希、話があるの。作業しながらでいいから聞いてほしい。私も棚戻しを手伝うから」

いつものテーブル席に腰掛けていた高井が、暇になったタイミングで遠山に話し掛けてきた。

「うん、分かった」

廊下で映画に誘われた話を聞かされた一件から、ちゃんと話す機会がなかった。お互い気まずかったからだ。

「私……期末テストで赤点を二科目も取ってしまったの」

「えっ⁉　高井が赤点？　信じられないな……」

高井は成績優秀な方だ。遠山ならまだしも、彼女が赤点を取るなんて意外であった。

「うん、恥ずかしいけどアルバイトに必死になっちゃって……」

「それだけバイトが楽しかったってこと？」

「そう……バイトを始めてから、こんな自分でも役に立っているんだなって思えるようになって……自己満足なんだけど……それでも私には大事なことで……だから……なんか上手く言えない……」

高井は言葉に詰まりながらも、自分の想いを語っていく。

「それで気付いた時にはバイトに夢中になっていて、勉強しなきゃと思いながらも、テストギリギリまで休まず働いた結果がこれなんだ」

「そっか……赤点取ったのはダメだけど、夢中になれることができたのは良かったと思う」

「二科目赤点だったから親にも連絡がきたの。昨日、母と話し合いをして、今まで私に無関心だと思っていたのは誤解で、ずっと見守ってくれていたんだって分かった」

高井は以前にも家族は自分に興味がないと言っていた。

「だから、これからはちゃんと話し合おうって決めたの」

「高井、よかったじゃないか。ずっと今までそれで悩んできたんだろう？」

これで高井が遠山に依存する理由は一つ減った。母親との確執がなくなったのは喜ばしいことだが、遠山は少し寂しくもあった。

「うん、それで昨日決めたの。追試が終わるまでバイトはお休みさせてもらって、門限は十八時までって。だからしばらく、みんなと遊んだりできないんだ」

「いや、それでいいと思うよ。高校は義務教育じゃないから自己責任なんだし、それくらいの制限は必要だと思うよ」

「うん」

「みんなには僕から話をしておくよ。あ……赤点取ったことは秘密にした方がいい？」

「ううん、どのみち知られてしまうから大丈夫。みんなに言っても構わない」

「分かった。みんなには伝えておくよ。僕に何か手伝えることがあったら言ってくれな」

「うん、ありがとう」

「高井、頑張れよ」

――もう夏休みだし、これでしばらく高井とは会えないか……寂しいな。

会えない期間は短いのに、遠山は一抹の寂しさを感じずにはいられなかった。

第九話 上原麻里花は我慢の限界

放課後、いつもは図書室で図書委員の業務をしているが、今日の遠山は体操着姿で、上原は短パンにジャージ姿で予備体育用具倉庫に向かっていた。

「予備体育用具倉庫に入るのは初めてだよ」

そこには、普段使わない備品が保管されている。体育祭実行委員会の備品担当である遠山と上原は、備品のチェックで倉庫内に足を踏み入れた。

「なんか埃っぽいね」

倉庫に入った途端、締め切った倉庫独特の匂いに上原は顔を顰めた。

洋服を長期間干さずにタンスにしまったような匂いが倉庫内に立ち込めていた。

「ちょっと換気しようか」

「うん、そうしないと長時間はいられないよ」

上原は壁にある換気窓の開閉ボタンを操作した。

「今日は涼しくてよかったね。七月にエアコンもないこんな倉庫にいたら、暑くて倒れちゃうよ」

遠山は半袖の体操着だが、上原はなぜか長袖のジャージを着ていた。

「上原さん、なんでジャージなの？　体操着は？」

「今日は体育がなかったから体操着忘れちゃって。ロッカーにジャージだけ置いてあったんだ」

「さすがに暑そうだね」

半袖でちょうど良いくらいだから、ジャージではきっと暑いだろうと遠山は少し心配になった。

「ちなみにジャージの下は何も着てないです」

――は、裸……なのか？

大きな膨らみを作っている上原のジャージの中身を、遠山はつい想像してしまう。

「い、いや……その情報はいらなくない？」

「あ、もちろんブラは着けてるよ。それ以外は着てないけど……ああ、遠山⁉　今、エッチな想像したでしょう？」

「し、してないって！」

本当はバッチリ想像していたが認めるわけにはいかない。

「その割には顔が赤いし、私から目を逸らしているよね」

「そ、それは少し暑くて赤くなってるだけで……そういう上原さんも顔が赤くない？」

バスケットボールの入ったカゴに腰掛けた上原は、薄っすらと頰を赤く染めていた。

「そ、そう？　私もちょっと暑くて……」

上原は更に顔を赤くし、ジャージのファスナーに手を掛けた。

「う、上原さん⁉　な、なにやってんですかっ！」

上原はジャージのファスナーを下げ始めた。驚いた遠山は見ないように目を逸らす。

「遠山も男の子だね。目を逸らすフリして、チラチラ私のこと見てるよね？　もっと見ていいんだよ……？」

大人っぽい紫のブラジャーがファスナーの間から、その姿を覗かせた。更にファスナーを下げるとジャージに押さえ付けられていた上原の大きな胸がぶるんと揺れ、その見事な双峰を遠山の前に晒した。

――い、いくらなんでも上原さん、やり過ぎだ。いくら人気のない倉庫だからって、これはダメだ。

「う、上原さん前を閉じて！　ここ学校だよ⁉　どうしちゃったの⁉」

「遠山……ここは滅多に人が来ない倉庫だから大丈夫だよ……」

「そ、そういう問題じゃなく――」

上原は腰掛けていたカゴから立ち上がり、遠山に抱き付き、背後に積んであったマットに押し倒した。

「う、うわ！」

高めに積んであったマットに遠山は、もたれ掛かるように押し倒され、上原がその上に覆いかぶさってきた。

「遠山……もっと見て……」

ジャージのファスナーを下ろし、大きく開けた胸元には、ブラジャーで寄せられた大きな胸が谷間を作り遠山の目の前に晒されていた。

長袖を着ていた上原は少し汗をかいているのか、胸元から甘い匂いを発し、それが遠山の脳を刺激する。

「遠山……触りたい？　触ってもいいよ……」

上原は挑発するように、遠山の胸板に自分の胸を押し付けてくる。

遠山は必死に理性と戦っていたが、押し付けられた柔らかい胸の感触と、上原の甘い匂いにアッサリ心を折られてしまう。

「あっ……」

誘惑に負けた遠山は上原の胸にブラの上から触れた。

——す、すごいボリュームだ……それに柔らかい……。

その圧倒的なボリュームと柔らかさに圧倒される。

——も、もっと触りたい！

遠山は我慢できずにブラジャーの中に手を忍ばせると、先端の突起が指に触れた。

「ああっ……と、遠山……そ、それはダメだよ……」

上原の胸の柔らかさ、匂い、それら全てが遠山を刺激し理性を失わせた。

「と、遠山⁉」

エスカレートして、下半身にまで手を伸ばしてきた遠山の手を上原は咄嗟に掴んだ。

「ご、ごめん！　調子に乗ってしまってごめん」

下半身に伸ばした手を掴まれたことで正気に戻った遠山は、慌ててブラの中に入れていたもう片方の手を引っ込めた。

「も、もっと優しくして……それに今日下はダメ……」

興奮し過ぎたせいで少し乱暴になってしまった遠山は後悔した。

〝今日は〟ということは、女性特有のアノ日で触られたくなかったのかもしれない。

「上原さん……もうやめよう、やっぱりダメだよ、こんなこと」

理性を失った自分が言うことでないが、しかし、このまま流されるわけにいかなかった。

「遠山……」

遠山に覆いかぶさった上原は再び身を寄せ身体を押し付けてきた。上原の身体は紅潮し、潤んだその目は何かを欲しがっているように見えた。

遠山を抱き締める腕に力をギュッと込めると、上原は静かに目を閉じた。

「ん……」

遠山は目の前にある、柔らかそうな上原の唇に、そっと自分の唇を重ねた。

「んんっ……」

遠山の背中に回した上原の腕に力が込められた。

「ぷぁっ……私たちとうとうキスしちゃったね……へへ」

恍惚（こうこつ）とした表情を浮かべた上原は、再び遠山の唇に自分の唇を重ねた。

こうして遠山と上原は我に返るまで、何回もキスを繰り返した。

「そろそろ仕事しないと……」

完全に目的を忘れてしまっていた二人は、落ち着いてきたのか少し冷静になり始めていた。

「うん……そろそろ終わらせないと誰か確認に来ちゃうかもね」

覆いかぶさっていた遠山から身体を離した上原は、立ち上がると乱れたジャージを直し周囲を見回した。

「結構な量があるね……今から急いでやらないと時間内に終わらないかも」

備品は見渡す限りかなりあり、倉庫内の備品の数を見た上原が危機感を露（あら）わにし、遠山もその量を見て上原と同じように思った。

「じゃあ、上原さんがチェックリストを読み上げて、僕が数量を確認するから」

「うん、分かった！」

こうして本来の目的を思い出した二人は協力して作業に取り掛かった。

遠山と上原は、なんとか時間内に全ての備品のチェックを終わらすことができた。

「やっと、終わったー」

「上原さんお疲れさま、なんとか間に合ったね」

「遠山が頑張ってくれたお陰だよ」

遠山は備品を持ち上げたり、動かしたりして身体を動かしていたので汗だくだった。

「私はリストを読み上げて数を記入していただけだから、頑張ったのは遠山だよ。後でドリンク奢(おご)ってあげるね」

「ああ、めっちゃ汗かいた。喉がカラカラだ」

遠山は持参したタオルで額の汗を拭った。

「じゃあ、倉庫を閉めてそろそろ戻ろう」

遠山は倉庫の出口に足を向けた。

「上原さん……？」

しかし、上原からの反応がなかった。遠山が振り返ると真剣な面持ちで遠山を見つめていた。

「遠山……私たちキスしたんだよね……？」

「ああ……したよ」

遠山はキスしてしまったことに後悔はなかった。あの時は心から上原を愛しく思って、したことだからだ。

「私ね……初めてのキスだったんだよ……それが遠山でよかった……」

「遠山は？　私が初め――あ……ううん……ごめんなさい、変なこと聞いちゃって。ごめんね、今のは忘れて」

上原は突然情緒が不安定になったような気がする。

「ねえ、遠山……もう一度キスして」

上原はまたキスをねだってきた。

「ん……」

遠山は軽く触れるくらいのキスをした。

「ふふ、またキスしちゃったね」

上原は喜びのあまり情緒が不安定になってしまったのだろうか？

「上原さん、そろそろ行こう。結構遅くなっちゃたから、本当に誰か他の委員が確認に来るかもしれない」

上原は物足りなそうにしているが、さすがにキリがないので、遠山は人に見られるかもしれないと理由を付けて終わらそうとしている。

「うん、分かった。遠山に迷惑かけないよう、私ちゃんとするから」

ようやく倉庫を出ることができた遠山は扉に鍵を掛け、職員室へと向かった。


「宮本先生、備品のチェック終わりました」

机に腰掛け、作業に集中している宮本先生に遠山は声を掛けた。

「遠山くん、上原さんお疲れさまでした。備品はチェックシートの数と合っていた？」

いざ使う直前になって数が足りないと困るので、先にチェックを済ませておく必要があった。今日、遠山と上原はその作業を任されたのだ。

「はい、数が合っていないのは、チェックしてあります。見つからない備品もありましたので、後日、別の倉庫のチェックをした方がいいかもしれません」

「そう……ありがとう。遠山くんも上原さんもお疲れさまでした。今日は遅いから、二人とも気を付けて帰ってください」

「はい、お先に失礼します」

「宮本先生、失礼します」

宮本先生に鍵を渡し、遠山と上原は職員室を後にした。

「じゃあ、僕たちも着替えて帰ろうか。汗かいて気持ち悪いや」

遠山は備品整理でかなり汗をかいたから、シャワー浴びたいところだが、残念ながら学校にシャワーはない。

「うん、私も着替えたい気持ち悪いから、じゃあ着替えたら教室に集合ね」

「了解」

二人は別々の更衣室へと移動した。

男子更衣室で遠山は汗拭きシートで身体を拭きながら、体育倉庫で起こったことを思い出していた。

――上原さん、メチャメチャ柔らかく良い匂いがしたな……凄(すご)い興奮した。

遠山は興奮のあまり、尿道球腺液で下着を少し汚してしまっていた。

――でも、やっちゃったな……とてもあの状況で拒否はできなかった……というのは言い訳か……それを理由に正当化できないな。

結局は欲に負けてしまった遠山は、上原の魅力を改めて実感した。

「下着汚れちゃった……替えを持ってきててよかった……」

遠山とキスをしたことで、感じてしまった上原は膣(ちつ)分泌液で下着を汚してしまっていた。

――遠山とのキス……凄かった……頭の中が蕩(とろ)けそうで、幸せで気持ち良かった。

上原は何回もキスをしたことを思い出し、もじもじと太ももを擦り合わせる。

「ああ……また下着を汚さないようにしないと……」

上原は初めてのことで少し混乱していた。さっきはあれほど大胆に振る舞っていたのに、今は教室に戻って遠山と顔を合わすのも恥ずかしいと感じていた。


上原が教室に戻ると、先に着替えを済ませた遠山は机に突っ伏していた。

「遠山、お待たせ——って寝てるの？」

遠山に近付いた上原は耳元で小さく声を掛けるが反応がない。完全に眠ってしまったようだ。

「大きな備品を移動したりして身体使ったもんね。疲れちゃったのかな」

遠山の前の席に後ろ向きに座った上原は、眠っている遠山の横顔を眺めていた。

夢にまで見た遠山とのキス。上原は我ながら大胆なことをしたなと、再び、恥ずかしさが込み上げてきた。毎日学校で会い、デートもして腕を組んだし手も繋いだ。だから、もう我慢の限界でもあった。好きな相手を求めるのは当たり前のことだ。だから、上原に後悔はなかった。これから、どんな困難があろうと諦めるつもりは毛頭なかった。

「遠山、大好きだよ」

上原は、遠山の耳元で小さく呟いた。

「聞こえてないか……」

本当は聞いてもらいたかったのか、少し恥ずかしそうにおどけてみせた。

遠山が目を覚ますと、同じ机で上原が顔を横向きにして眠っていた。

「あれ……上原さん寝てる……？」

——二人して寝ちゃったのか……？

時計を確認すると、遠山が寝ていたのは僅か十分ほどだ。上原が寝てからそれほど時間は経過していないだろう。

——起こすか？

このまま二人でいつまでも教室にいるわけにはいかない。

「上原さ——」

遠山が起こそうと声を掛けた瞬間、上原の形の良い唇が少し開いた。

「遠山……」

上原は寝言で遠山の名前を小さく呟いた。

——一体どんな夢を見てるんだろう？

遠山は自分の名前を呼ばれ、少し恥ずかしい気持ちであった。

——もう少しだけ寝かせておこう。

上原の可愛い寝顔をもっと見ていたいと、遠山は少しだけ帰る時間を遅らせた。

「上原さん起きて」

遠山が起きてから十分ほど経過し、上原を起こすために声を掛けた。

「上原さん」

「……ん……遠山……？」

上原がうっすらと目を開けた。

「もう帰る時間だよ」

「あれ……？　もしかして私……寝ちゃってた？」

「うん、十分くらいかな？」

「そうなんだ……私……なんか変こと言ってなかった……？」

夢を見ていたのを覚えていたのか、遠山に尋ねた。

「い、いや別に何も言ってないと思うよ」

――ホントは言ってたけど黙っていよう。

「そう……今、何時……？」

どうやら上原はまだ寝惚けているようで、意識がハッキリしていないようだ。

「えーと……もうすぐ六時だよ」

「……六時⁉　もうそんな時間なんだ……もう帰らないとね」

「ああ、そろそろ教室を追い出されるかもしれないから、面倒になる前に外に出よう」

「うん、その前にトイレ行ってくる」

身嗜(みだしな)みの確認なのか、上原はトイレへと行ってしまう。

「遠山くん？　まだいたの？」

見回りで来たのか宮本先生が教室に顔を出した。

「すみません。ちょっと寝てしまいまして」

「六時になったら教室から出るようにね」

「今、上原さんがトイレに行ってるので、待っててていいですか？」

「それなら仕方がないわね。上原さん戻ってきたらすぐ帰るのよ」

「はい、分かりました」

宮本先生はひと言注意して教室を出ていった。

「遠山、お待たせ」

「今、宮本先生に早く帰れって言われたから行こう」

「ごめん、怒られちゃった？」

申し訳なさそうに上原は自分の顔の前で手を合わせる。

「いや、大丈夫だった。注意されただけだから」

「ならよかった」

二人は急いで教室を出て下駄箱で外履きに履き替え、学校を後にした。

学校を出ると少し歩いた先の丁字路で、遠山と上原は帰る方向が別になる。今日はここでお別れだ。

「上原さん、じゃあ今日はお疲れさまでした。また明日」

「うん……」

少し上原に元気がないようだが、まだ眠気が残っているのだろうか？

「上原さん、どうしたの？」

「今日、楽しかったね……それに凄く気持ちよかった……」

まだキスの余韻が身体に残っているのか、上原は熱っぽい視線を遠山に向けている。

恋愛初心者の上原は気持ちの切り替えが、まだ上手くできないようだ。

その点、遠山は慣れているせいか切り替えも早い。

「そうだね……一緒にいられて楽しかったよ」

「ねえ……遠山……もう一回キスして」

上原は完全に遠山の虜になってしまったのか、ところ構わず人目も気にせず遠山を求めるようになってしまっていた。

「う、上原さん、ここは学校の目の前だよ。誰に見られてるか分からないから……」

「ダメ……？」

上原は目を潤ませ、上目遣いに懇願する。そんな顔をされてしまっては断るのも気が引けるが、遠山は心を鬼にして拒否をした。

「また二人きりになったら……ね」

こういう期待させることを言ってはダメだと分かっていても、上原の好意を無下にはできない。

「うん……分かった……絶対だよ。約束だからね」

上原は渋々だが納得してくれたようだ。

「ああ、約束するよ。だから今日はもう帰ろう」

遠山と上原の二人はこうして泥沼に嵌(はま)っていく。

「じゃあ、遠山またね。気を付けて帰ってね」

「上原さんも気を付けて」

そして二人は反対側の方向へと歩いていった。

「ふう……ようやく帰ってくれた……」

遠山は家への道を歩きながら、今後、上原が暴走しないか心配は尽きなかった。

第十話　勉強会とプレゼント

I am boring, but my classmates do not know what I am doing in your room.

梅雨明け宣言とともに遠山の通う高校は夏休みへと突入した。

二年に進級してからというもの、色々な出来事が多過ぎて心休まる暇がなかった遠山は、ようやく一人でゆっくり読書ができると喜んだのも束の間、夏休み初日から高井の姉、伶奈に呼び出されショッピングセンターへと向かっていた。

——なんで夏休み初っ端から……積本を崩そうと思ってたのに。

伶奈に呼び出された理由は、妹の誕生日が近いから、プレゼントを選ぶのを手伝ってほしいとメッセージが届いたからだ。

——でも、高井のプレゼント選びと言われたら断れないよな。僕もプレゼントあげたいから一緒に選んでもらえるし。

そういった理由もあり、遠山は伶奈の誘いを受けることにしたのだ。

待ち合わせの駅前に到着した遠山は、人混みの中に伶奈を探す。

——いた！

伶奈は美人でスタイルもいいので非常に目立つ。遠目からでもすぐに見つけることができた。

「お姉さん、お待たせしました」

伶奈は薄いベージュのワイドパンツに、肩から袖にかけてシースルーの白いブラウス、白いヒールサンダルというシンプルなファッションだ。

大学生なだけあって大人っぽい。遠山と並ぶと美人の姉と冴えない弟のように見えることだろう。

「遠山くん、待ちくたびれたわ。こんな美人を待たせるなんて罪な男ね」

相変わらず芝居がかった台詞がワザとらしい。

「まだ、待ち合わせ時間前なんですけどね」

このタイプの人は合わせると調子の乗るので、フラットに淡々と付き合うのが正解だ。

「もう、遠山くんてば、相変わらずノリが悪いわね」

「お姉さんに合わせてると、なんかコントロールされてるみたいで嫌なんですよ」

「コントロールなんて人聞きが悪いなぁ。私は楽しくやりたいだけよ」

「今日はお誘いありがとうございます。お陰で高井の誕生日を知らないまま逃さず済みました」

ちょっと面倒くさい人だけど、今日は感謝していることに変わりはないので、そこは敬意を払う必要はある。

「遠山くんと私の仲じゃない、気にすることはないよ」

「お姉さんと僕ってどんな仲でしたっけ？」

「それは、妹の彼氏なんだから家族みたいなものよ」

　伶奈は妹と遠山の関係を正確には知らない。だから、そう思ってしまうのも仕方がない。

　遠山は高井の恋人と思われていることにチクリと胸に痛みを覚え、罪悪感を感じ黙ってしまう。

「あら？　黙っちゃって、彼氏じゃないの？」

「いえ……そんなことは、ないです」

　伶奈は察しが良い。もしかしたら、遠山と高井との関係が普通の恋人同士とは違うと勘付いているのかもしれない。

「なんか、自信なさげね……まあ色々とあるでしょうから、それは聞かないであげる」

　伶奈はやはり察しが良い。それ以上追及しないところが、彼女の良さでもある。人には人の事情があると割り切って接しているようだった。

「じゃあ、そろそろ買い物にいきましょう。レッツゴー！」

　――レッツゴーって……相変わらずお姉さんのノリがよく分からないな。

「ほら、遠山くんもレッツゴー」

――僕にも言えってこと……？

「レ、レッツゴー……」

――な、なんだか恥ずかしい……。

「はい、よくできました」

やはり、どんなに抵抗しても、伶奈にはコントロールされてしまうようだ。遠山は末恐ろしいものを伶奈に感じた。

ショッピングセンター内に足を踏み入れた二人は、ブラブラしながら高井の誕生日プレゼント選びをしていた。

「遠山くんは何にするの？」

「それをお姉さんに相談しようと思ってたんです」

そもそも高井の趣味というものを、遠山は読書しか把握していなかった。

「それは自分で選ばないと、柚実が喜ばないよ」

「高井の趣味は読書くらいしか思い付かなくて……女の子にプレゼントなんてしたことないので、どういうのがいいか分からなくて」

「じゃあ、ヒントをあげるよ。柚実は写真を撮るのも趣味なんだよ」

「あ！　そういえば以前、デジカメを見せてもらったことありました！」

遠山はすっかり忘れていたが、何かを思い付いたのか、スマホを取り出し検索を始める。

「うん、ヒントになったかな？」

「はい、参考になりました。ありがとうございます。あとで家電量販店に付き合ってもらえますか？」

ここのショッピングセンターには、家電量販店もテナントとして入っている。

「おお、早くも決まったの？　私は何にするか、まだ決まってないよ？」

伶奈さんのことだから、すでに決めているのかと思っていたが、何も決まっていないようだ。

「お姉さんのことだから、とっくに決めてるのかと思いました」

「こういうのは、ウインドウショッピングしながら決めるのが楽しいのよ」

「あ、それ分かります」

高井と上原と買い物をしている時のことを遠山は思い出す。何も買わなくても、見ているだけで楽しいことがあることを遠山は知っていた。

「お、遠山くん分かるんだ？　さすがモテる男は違うね」

「べ、別にモテるかどうかは関係ないですよ」

「そんなことはないよ。やっぱり一緒にいるだけで楽しいっていうのは、パートナーとして大事なことだよ。つまらなそうにしてたり、イライラしていたりする相手とデートしたくないでしょう？」

「確かに……」

「だから、散歩しているだけで楽しめるなら最高のパートナーだよ。その点、遠山くんとなら私も相性良さそうだよ？」

「ちょ、ちょっとお姉さん⁉　そういうのやめましょうよ！」

怜奈は腕を遠山の腕に絡め始めた。

「せっかくだから、今日はデート気分で楽しみましょうよ？」

「なんで、そうなるんですか！」

相変わらず怜奈の行動は突拍子もなく理解不能であった。

「その方が遠山くんも嬉しいでしょう？」

怜奈は上原に匹敵するバストの持ち主だ。腕に当たる柔らかい感触に遠山は悪い気はしなかった……むしろ少し嬉しかったのは悲しいかな男の性だ。

「もう……分かりましたよ」

言って聞く人ではないのを遠山は知っているので諦めた。結局、また怜奈の思い通りにされてしまっていた。

遠山と怜奈は腕を組んだまま、ショッピングに興じていた。遠山もスッカリ諦め、この状況を受け入れているようだ。

「それでお姉さんは、なにプレゼントするんですか？」

「そうねぇ……ピンとくるものがないのよねぇ」

バラエティショップやアパレルショップを数軒見て回ったが、伶奈のお眼鏡にかなうものが見つからないようだ。

「あれ？　遠山と――伶奈さん⁉」

突然、遠山は声を掛けられ振り向くと、そこには見慣れたツインテールの女子がいた。

「あ、相沢さん⁉」

「あら？　美香ちゃんじゃない。お久しぶりね」

二人に声を掛けてきたのは相沢だった。

「伶奈さん、お久しぶりです、ところで今日はどうして遠山とここに？」

伶奈と腕を組んでいる遠山に相沢はジト目を向けた。これは何か勘違いしている視線だ。

「今日は遠山くんとデートなのよ」

「れ、伶奈さん適当なこと言わないでくださいよ！　誤解されるじゃないですか？」

「遠山……アンタ、そこまで見境がなかったの……？」

真に受けないで、と口に出して遠山は言いたかった。

「遠山くん、そんなあちこちの女子に手を出して回ってるの？」

「ち、違いますよ！　そんなわけない、でしょう……？」

遠山は思い当たる節があるのか、反論の歯切れが悪かった。

「今日はね、柚実の誕生日プレゼントを買いに来たの」

ようやく伶奈が本当のことを言ってくれ、遠山はホッと胸を撫で下ろす。

「あ、そうなんですね。私も柚実の誕生日プレゼント買いに来たんです」

「あら、それは奇遇ね……どうせだから、美香ちゃんも私たちと一緒に買い物しない？」

「そうですね……分かりました、ご一緒させていただきます」

遠山は相沢が一緒に買い物に付き合ってくれることで、伶奈と二人きりの状況を回避できたことに感謝した。

「よかった！　じゃあ行きましょう」

買い物に相沢が加わったが、この三人の取り合わせは新鮮に感じた。

「ところで……伶奈さんはいつまで遠山と腕を組んでるんですか？」

相沢がもっともな質問を伶奈に投げ掛けた。

「あら？　美香ちゃんも遠山くんと腕を組みたいの？」

「ち、違いますって！　私は遠山と腕を組みたいと全く思いません！」

相沢はハッキリと言い切った。それはそれで傷付く遠山であった。

「美香ちゃん、遠山くんは好みじゃなさそうだもんね」

「まあ、そうですね」

「面と向かってハッキリ言われると、それはそれでショックですね」

「遠山くんは贅沢ねぇ。柚実と麻里花ちゃんがいるじゃない？」

その伶奈の言葉に遠山と相沢は沈黙した。

「あら？　この話はタブーだったかな？　ふふ」

明らかに禁句であることを伶奈は分かっていて言ったことは、遠山にも相沢にも分かった。反応を見て何かを探っているかのようだ。

「お姉さんのプレゼントが決まらないなら、先に僕の買い物を済ませていいですか？」

ここで立ち話をしていても埒が明かない、さっさと済ませて帰ろうと遠山は心に決めた。

「家電量販店だっけ？　すぐそこだから行きましょう。美香ちゃんもいい？」

「はい、大丈夫です」

遠山たち三人は家電量販店に移動した。

「で、遠山は柚実のプレゼント何にするの？」

遠山が何をプレゼントするのか相沢は気になるようだ。

「ああ、僕はこれにしようかと思って」

遠山はカメラ売り場に移動した。

「ハンドストラップ？」

デジカメ用のストラップを見た相沢は首を傾げた。相沢は高井の趣味がカメラであることを知らないのかもしれない。

「高井はカメラが趣味なんだよ。前に見せてもらったことがあるんだ」

遠山は以前、高井の部屋に行った時のこと思い出し、相沢に向けて説明した。

「そうなんだ……私は柚実のことをまだ、全然知らないんだな……」

高井の趣味を知らなかったことで、相沢は少しショックを受けているようだった。

「そんなに落ち込まないで美香ちゃん。カメラのことは家族しか知らないと思うから。でも、柚実のことで落ち込んでくれてお姉さん嬉しい！」

そう言って伶奈は相沢を愛おしそうに抱き締めた。

「ち、ちょっと伶奈さん——」

身長が低い相沢は抱き締められると、顔がちょうど伶奈の胸に埋もれてしまった。

「れ、伶奈さん苦しいです！」

「ごめんなさい。美香ちゃんが可愛くて、つい」

「と、遠山！　この人なんなの⁉」

やっぱり、伶奈は距離感がバグっていると再認識した。相沢は突然抱き締められ、面食らっている。

「まあ、こういう人なんだよ。僕もさっきから振り回されっ放しだから……相沢さんも諦めて」

　伶奈は遠山の話を聞いていたのかいないのか、『美香ちゃん小っちゃくて可愛い』とか言っている。

「うん……分かった。諦める……」

　ようやく伶奈に解放された相沢と遠山の二人は伶奈にジト目を向けた。

　三人で色々と見て回り、遠山は家電量販店でプレゼントを購入し、相沢もプレゼントは決まったようだ。伶奈は遠山のアドバイスを参考に購入し全員目的のものは購入できた。

「これで、三人とも目的のものは買ったし、疲れたからカフェで休憩しましょうか。二人には私から話したいこともあるし」

　いつになく真剣な表情でお願いする伶奈に、遠山と相沢は断るという選択肢はなかった。

　カフェに入った三人はテーブル席に案内された。

「ここは私が奢るから二人とも好きなもの頼んでいいよ」

　伶奈はメニューを二人に渡しながら言った。

「この前も奢ってもらったし悪いですよ。これくらい自分で払います」

「伶奈さん、そうですよ。私、バイトしてますから大丈夫です」

　遠山と相沢は自分で払うと伶奈に伝える。

「いいのよ、年上の人には甘えていいんだよ？　それに、今日は柚実のプレゼントの買い物に付き合ってもらったから、そのお礼」

「そう言うなら……分かりました……今日はご馳走になります」

「遠山くんには、今日プレゼントのアドバイスをもらったから、そのお礼ね」

「伶奈さん、ありがとうございます」

「美香ちゃんはいつも柚実と仲良くしてもらってるから、そのお礼よ」

「いえ、そんな……私の方こそ仲良くしてもらってます」

伶奈は遠山と相沢二人に感謝の言葉を述べた。

「それで、お姉さん、僕たちに話したいことって何ですか？」

「遠山くんは、柚実が赤点で補習になったことは知ってるよね？」

「はい、本人から聞きました」

「美香ちゃんは？」

「私は遠山から聞きました」

「そう……それなら話は早いかな。二人には柚実の勉強を手伝ってもらいたいの」

「高井に勉強を教えてあげるってことですか？」

特に成績が良いわけではない遠山は少し不安になった。

「うーん……それもあるけど、最近はかなり根を詰めてるみたいだし、友達が勉強会でもしてくれれば柚実の気晴らしになるかなって」

「そういうことなら……喜んでお手伝いします。柚実の誕生日プレゼントも買ったし、勉強会を開くのは建て前で、誕生パーティーをサプライズで開くのはどうでしょう？」

相沢の提案は、今日買った誕生日プレゼントを渡すには、打ってつけのアイデアだった。

「それいい！　美香ちゃんお願いしていい？」

遠山もいいアイデアだと思った。

「はい！　任せてください！　麻里花ともう一人、仲の良い沖田(おきた)っていうクラスメイトにも声を掛けますね」

「麻里花ちゃんも来てくれたら、お姉さんも嬉しい！」

伶奈の言動を観察していると、妹想(おも)いの良いお姉さんにしか遠山には見えなかった。高井と伶奈の間にあったのは、ただ単にお互いにすれ違っていただけで、高井は伶奈のことを誤解していただけではないのだろうか、と遠山は感じた。

こうして相沢のアイデアで、高井の誕生日に勉強会とサプライズ誕生会を開催することが決まった。

◇

勉強会当日、高井の家の最寄りの駅に遠山、相沢、沖田の三人が集まった。相沢が上原を誘ったものの、その日は別の予定があるから行けないと断られたそうだ。

「上原さん来られなくて残念だったね。一緒に誕生会やりたかったなぁ……」

沖田は心底ガッカリしているようだった。沖田は裏表がない人間だから、本心でそう思っていた。

「まあ、用事があるんじゃ仕方ないよね？　相沢さん？」

高井、上原の二人と色々な関係のある当事者の遠山は、あまりこの話題に触れたくないのか話を相沢に振った。

「そ、そうね……夏休みは長いんだし、いつでも集まれるわよ」

相沢は多少なりとも、高井と上原の事情を知っているので、あまり話に深く触れないように気を遣っている様子だ。

「でも、今日は千尋が来てくれてよかった。僕と相沢さんじゃ勉強なんて教えられないからね」

「なんで私も含まれてるのよ？　私は遠山より成績は良いんだからね」

遠山と一緒にされた相沢は不満そうに頰をぷくっと膨らまし、拗ねた素振りをみせた。

「でも相沢さん、高井より成績順位は下だよね？」

「そ、それはそうだけど……順位だけが全てじゃないの！　分かった？」

相沢は遠山に突っ込まれ、逆切れ中だ。

「まあまあ、ぼくだって高井さんに、ちゃんと教えられるか分からないし。佑希も相沢さんもフォローしてね」

さすがの沖田は、二人のフォローも忘れず円満に事を収めた。

三人で話しながら高井の家に向かっていると、時間も忘れあっという間に到着した。

「ここが、柚実の家……初めて来た」

「相沢さん、高井の家は初めてなんだっけ？」

普段から仲良くしている相沢は、高井の家に来たことがあると思っていたので少し意外だった。

「柚実は、プライベートのことをほとんど話さないからね」

「確かに高井さんの家族の話って聞いたことがないね。佑希と相沢さんはお姉さんに会ったことあるんだよね？」

「伶奈さんは……ま、色々と言いたいことはあるけど、基本的には良い人よ」

「確かに良い人ではある……かな？」

「二人の話を聞いても、どんな人なのか想像できないよ？」

相沢と遠山の微妙な評価に沖田は首を傾げた。

「千尋……会えば分かるよ……」

「そう……遠山の言う通り、会えば分かるから……」

遠山と相沢は遠くを見つめた。

「なんか、会うのが怖くなってきた……」

沖田は今日、伶奈に初めて会うことになる。遠山と相沢がそれを楽しみにしていたことは内緒だ。

遠山が玄関のインターフォン鳴らすと、しばらくして高井が玄関から顔を出した。

もちろん今日、勉強会を開くことは事前に了承済みだ。しかし誕生会のことは内緒にしている。

「相沢さん……沖田くん、今日はわざわざ来てくれてありがとう。佑希もごめんね……迷惑を掛けちゃって」

「高井さん、そんなことないですよ。分からないことがあったら何でも聞いてくださいね。ぼくと相沢さんと佑希でできる限り協力するので」

申し訳なさそうにしている高井に、沖田は満面の笑みを浮かべた。これだけで癒されてしまうような表情だった。

「沖田くん、ありがとう。今日はお願いします」

「はい、任せてください！」

なぜか今日は沖田がやたらと張り切っている。勉強は沖田に任せれば安心だと思うと、遠山は少し心が軽くなった気がした。

「みんな、入って」

高井に促され、三人は高井の家に足を踏み入れた。

「お邪魔しまーす」

相沢が先頭を切って玄関へと入り、それに沖田が続いた。

「美香ちゃん、いらっしゃーい！　待ってたよ！」

中で待ち構えていた伶奈に、相沢は突然抱き付かれた。

「ちょ、ちょっと伶奈さん、やめてください！」

ジタバタと暴れる相沢を、その豊満な胸に埋(うず)めながら遠山に目を向けた。

「遠山くんも、いらっしゃい。今日は来てくれてありがとうね」

伶奈が遠山と挨拶を交わす間も、相沢は未(いま)だ解放されていない。

「お姉さん……相変わらずですね……」

「ゆ、佑希……この人が高井さんのお姉さん……なの？」

恐る恐る、沖田が遠山に尋ねてきた。

「ああ、そうだよ。高井のお姉さんの伶奈さんだ」

相沢が捕まっている光景に、沖田は震撼(しんかん)した。

「あ、あの……高井さんの同級生で沖田千尋と言います。よろしくお願いします」

「千尋くん？　可愛(かわい)いっ！　あ、男子にそんな言い方は失礼かな……でも、千尋くん凄(すご)く可愛いわ。お姉さんの好み！」

　遠山の予想通り、伶奈は沖田を一目見て気に入ったようだ。伶奈は誰でもいいのではないかと、遠山には思えてきた。

　沖田の登場でようやく相沢が解放された。代わりに伶奈は沖田に抱き付こうとするが、間一髪、遠山の後ろに隠れて難を逃れた。

「やーん、千尋くん逃げないで！」

「ちょ、ちょっと姉さん！　恥ずかしいからやめてよね！」

　伶奈の奇行に、声を荒らげる高井。

「相沢さん、沖田くん、姉さんがごめんね。うちの姉は少し変わっているの」

　高井が伶奈のことを少し変わっている、と表現したことに遠山はどこか既視感を覚えた。それがなにかと考えた遠山は、妹の菜希のことだと思い出し納得した。

「高井さんのお姉さん、なんか凄い人だね……」

　さすがの沖田もドン引きだ。

「分かったでしょ？　僕と相沢さんの言ってたことが」

「うん、分かった。伶奈さん怖い……」

　伶奈は沖田に怖いと思われてしまったようだ。

玲奈から解放された三人は、高井の部屋に案内された。

「散らかっているけど、どうぞ」

久々に足を踏み入れた高井の部屋は、相変わらずものが少ない。あるのは大量の本だけだ。

「柚実の部屋はやっぱり、本が多いね」

「あんまり見ないでね。恥ずかしいから……」

高井は自分の部屋に友達が足を踏み入れることが、少しは恥ずかしいようだった。

「今日は、上原さんが来られなくて残念でしたね。代わりのその分、ぼくが頑張りますから！」

上原が来られないことを言い出しにくかった遠山と相沢は、代わりに高井へ伝えてくれた沖田に感謝した。

「今日は遊びに来たわけじゃないんだから、そろそろ勉強を始めないとね」

相沢のひと言で、勉強会はスタートした。

高井が赤点を取った科目を沖田が中心に教えて、遠山と相沢はそれを補助していく形で勉強会は進んでいった。

そして四人の集中力が切れた頃、ドアをノックする音が聞こえた。

「どうぞ」

高井が返事をすると、ドアから伶奈がドリンクとお菓子を載せたトレーを持って入ってきた。

「そろそろ、休憩時間にしない？　紅茶淹れてきたから」

伶奈が部屋に入ってきたら誕生会に切り替えると、事前に打ち合わせをしている。

「ほら、テーブルの上片付けて」

参考書を片付けたテーブルに、伶奈がティーカップを並べていく。

「どう？　勉強は進んでる？」

さすがの伶奈も、この場では悪ふざけはしていない。ちゃんと場を弁えているようだ。

「うん、沖田くんと相沢さんが分かりやすく説明してくれるから」

遠山はほとんど見ているだけで、沖田と相沢に任せっきりであった。

「遠山は見てるだけだったね」

「いや、面目ない……」

こういう時のために、もう少し勉強しておこうと遠山は心に決めた。

「そう……遠山くんも頑張らないとね」

伶奈は優しい表情を遠山に向けた。これが伶奈の本当に顔なのだろう、遠山はそう思えるようになった。

遠山が相沢に目配せする。

「柚実、誕生日おめでとう！」

クラッカーを素早く取り出した相沢は、高井の不意を突きそれを鳴らした。それに合わせて遠山と沖田もクラッカーを鳴らした。

「え？　なに？」

突然のことで高井は思考が追い付いていないようだった。まさか誕生日を祝ってもらえるとは思わなかったのだろう。

「柚実……誕生日おめでとう。これ、プレゼント」

遠山たちと一緒に買ったプレゼントの包みを、相沢が先駆けて高井に渡した。

「相沢さん、ありがとう……開けていい？」

「もちろん」

「わあ、可愛い……」

相沢がプレゼントしたのはハンドタオルだ。

「相沢さん……ありがとう。大事に使うね……」

もう、この時点で高井の胸は嬉しさと感動でいっぱいだった。

「高井さん、誕生日おめでとうございます」

相沢に続いて沖田がプレゼントを渡した。

「高井さん、気に入ってもらえるかどうか分からないけど……開けてみてください」

沖田のプレゼントは、栞のセットだ。

「高井さんは本をたくさん読むから、いくらあっても足りないだろうから」

「沖田くん、ありがとう……大切に使わせてもらいます……」

突然のサプライズに、高井は目に涙を溜めてそれはいまにも零れそうだった。

いよいよ最後は遠山の番だ。

「高井……誕生日おめでとう。プレゼント何がいいか悩んだけど、受け取って」

遠山はラッピングされたプレゼントを高井に手渡した。

「佑希……ありがとう……開けてもいい？」

「ああ……たぶん喜んでもらえると思う」

根拠はないが、高井に喜んでもらえる自信が遠山にあった。

「ストラップ……？」

ラッピングを丁寧に剝がし、取り出した品物を見た高井が小さく呟いた。

「そう、カメラ用のハンドストラップだよ。高井のデジタルカメラにストラップが付いていなかったのを思い出してさ。オシャレなのがあったから……どうかな？」

「嬉しい……」

「た、高井？」

高井がポロポロと涙を流し始めた。感極まり溜めていた涙を我慢できなくなったのだ。

「あー遠山くんが柚実を泣かした」

伶奈が遠山を茶化したが、それはふざけている感じではなく、微笑ましい光景を見て自然に出た言葉であった。

「た、高井……なにも泣かなくても……」

高井に泣かれてしまい、遠山はおろおろするだけで、どうしていいか分からなかった。

「そういう時は抱き締めてあげればいいんだよ。遠山くん、姉が許すからやってみ？」

相変わらずふざけてはいるが、場を和ますために伶奈は、そう振る舞っているのは遠山も分かっている。

「いや、姉が勝手に妹の身体を許しちゃダメでしょ……」

姉の許しが出たからとはいえ、人前で抱き締めるわけにはいかない。

「遠山がダメなら私がやってあげる」

相沢が名乗りをあげ高井を抱き締めた。

「柚実、泣かないで、せっかくの可愛い顔が勿体ないよ。ほら、私があげたハンドタオルで涙を拭いて」

相沢は優しく高井を抱き締めた。

「せっかく相沢さんがくれたタオル使うのが勿体ないよ……」

高井は汚してしまうのが嫌なのだろうか？

「こういう時に使うんだよ。気にしないで……」

相沢はハンドタオルを手に取り、高井の涙を拭き始めた。

「相沢さん、ありがとう……」

高井は相沢からプレゼントされたハンドタオルを受け取り、涙を拭った。

「いやあ、美しい光景だねぇ、お姉さん涙が出ちゃうよ」

終始、茶化している伶奈だがよく見ると、目が潤んでいるように遠山には見えた。伶奈は茶化すことで、涙を堪えているのかもしれない。


誕生会でプレゼントを渡した後は勉強どころではなかった。

高井が泣きやみ、落ち着いた頃を見計らって勉強会はお開きとなり、三人は高井の家を後にしようと玄関に向かった。

「今日はみんなありがとうね。柚実も良い誕生日になったと思うよ。ね、柚実？」

「うん、みんな今日はありがとう。こんな風にお祝いされたのは初めてで、つい嬉しくて泣いちゃって恥ずかしかった……」

高井がこんなに感情を露わにしたのは、遠山ですら初めて見た。それだけ普段から感情を抑えてきたのだろう。

「柚実、私たちは帰るね。後は伶奈さんお願いします」

「美香ちゃん、後は姉妹水入らずで、誕生会をやるから安心して」

今の伶奈なら高井に優しくしてくれるだろう。安心してお任せできそうだ。

「伶奈さん、今日はありがとうございました。失礼します」

「千尋くんもまた遊びに来てね。お姉さんと遊びに行ってもいいのよ」

「え、遠慮しておきます……」

沖田は背中に悪寒を感じたのか、伶奈の提案を辞退した。

「千尋くんのいけず～」

――なんか、また既視感が……。

遠山の目に、伶奈と妹の菜希の姿が重なった。もしかして、伶奈は中学生レベルの精神年齢なのでは？　そう遠山は一瞬考えたが黙っていることにした。

「佑希、今日は誕生日を祝ってくれてありがとう。とても嬉しかった」

遠山が誕生会を提案したと高井は思っているようだ。

「勉強会はお姉さんが言い出したんだよ。高井のために開いてくれたって」

だから遠山は伶奈を横目に本当のことを高井に教えてあげた。

「姉さん……」

高井は少し驚いたように、伶奈に目を向けた。しかし伶奈は涼しい顔だ。

「じゃあ、僕たちは帰ります。今日はありがとうございました」

遠山が全員の最後を締めた。

「遠山くん、柚実のことよろしくね」

伶奈は真剣な面持ちで遠山の目を見据えた。恋人としてよろしくと言っているのかもしれないし、友達としてかもしれない、それは遠山には分からなかった。

「はい、分かりました」

だから遠山はそのひと言しか、返すことができなかった。高井と伶奈がどう受け取ったか分からない。

「失礼します」

遠山たち三人はその言葉を最後に高井の家を後にした。

遠山たちが帰った後、静かになったリビングで伶奈と高井はソファに腰掛けて話をしていた。

「みんないい子たちで、柚実は友達に恵まれたね」

「うん……私もそう思う」

「柚実のことを大切に想ってくれる友達がいて、私も安心したよ。母さんが帰ってきたら、柚実が泣いていたことを報告しないとね」

伶奈はわざと意地の悪い言い方をした。

「もう、お母さんには内緒だからね」

「あーはいはい。でも、友達がお祝いしてくれたことを母さんが聞いたら、きっと喜ぶよ。だから柚実から話すんだよ」

「うん、分かった……」

高井と母はつい最近、お互い気持ちをぶつけ合ったことで、良好な関係になった。だから高井が幸せな話を聞かせてあげれば喜ぶことだろう。

「柚実、私からのプレゼント」

伶奈はラッピングされた小さな細長い箱を、高井に手渡した。

「姉さん……ありがとう……開けていい？」

「どうぞ」

リボンを外しラッピングの包みを解き、箱を開けると中には色違いのペンが二本入っていた。

「綺麗（きれい）……これは……スワロフスキーのボールペン？」

「そう、ペアのボールペン。で……片方は私のやつ……と」

伶奈は二本あるうちの片方のボールペンを、自分が使うからと箱から取り出した。

「これで私と柚実はお揃（そろ）いだね」

伶奈はボールペンを片手ににこりと微笑んだ。

「今日、勉強会を開いてくれてありがとう……」

「大事な妹が大変そうだから、元気が出るように少しだけ私が協力しただけ」

「私ね……ずっと姉さんの存在がコンプレックスだったの……」

高井は今まで隠してきた自分の気持ちを、訥々と話し始めた。それを伶奈は黙って聞いている。

「小さい頃から姉さんは明るくて人気者で、いつもたくさんの友達に囲まれていた。私は小さい頃に仲良くしていたと思っていた子は、みんな姉さんに取られてしまったと思い込んでいたの。私は暗かったから、明るい姉さんが羨ましかった」

以前、遠山に話したことを伶奈にも語り始めた高井は、俯き加減に続けた。

「中学校に入ってもお母さんは、私に関心がないと思っていたから、ずっと自分の存在ってなんなんだろうって思っていた。そうやって生きていく内に、私は本当に空気のような存在になっていったの」

伶奈は口を挟まず黙って高井の話を聞き続けた。

「高校に入っても、それはしばらく変わらなかった、けど……二年生になってから佑希と出会ったの。彼は図書室で空気みたいな存在の私を見つけてくれて……それが嬉しくて……」

「このボールペンね、遠山くんが選んだのよ。柚実とペアで持っていると喜ぶんじゃないかって。彼はとても良い子だね。柚実が好きになったのも分かるよ」

ここまで黙って聞いていた伶奈は、遠山の話になったことで口を開いた。

「佑希がこれを……」

高井は手に持ったボールペンを見つめ微笑んだ。ボールペンに遠山の影を見たのかもしれない。

「今日、麻里花ちゃん来なかったよね。柚実は思い当たることはある？」

伶奈は用事があるから上原は来られないと聞いていた。しかし、伶奈は敢えて高井に上原が来られない理由に思い当たることがないか聞いた。

「……上原さんは……佑希のことがきっと好きなんだと思う……いや、好きなの。だから私と顔を合わせ辛いのかもしれない」

「麻里花ちゃん、遠山くんのことが大好きなのがバレバレだもんね」

「うん、学校でも佑希に対して好意を全然隠そうとしていないし、クラスのみんなは二人が付き合っていると思ってる」

「遠山くんと柚実が付き合っているって、クラスメイトは思っていないの？」

遠山とセックスまでしている関係の高井が、クラスで付き合っていると思われていないことに伶奈は疑問に感じた。

「遠山と私は……付き合っているわけじゃないの……」

高井は全てを伶奈に話す覚悟を決めた。今日、伶奈の高井への本当の想いを知った今、全てを話すことに躊躇いはなかった。

「私と佑希は……身体だけの関係……なの」

遠山と二人だけの秘密であったことを、伶奈に打ち明けた。

「……そう……私は柚実と遠山くんと麻里花ちゃんを見ていて、何となく複雑な関係なのは薄々気付いていたよ」

高井の衝撃の告白にもかかわらず、伶奈は驚くことはなかった。

「姉さんは、私たちのことを非難しないの？」

「どうして？」

「だって……こんなこと褒められたことじゃなから……」

「私はこれでも人を見る目はあるつもり。遠山くんが柚実とそういう関係になっても、ただ性欲を満たすためだけ、身体だけが目当てではなく、そこに柚実への何らかの想いが確かにあるのが分かるの。私にはそれが何かは分からないけど……遠山くんがそれを柚実に対して抱き続けていれば、私は柚実たちを非難することはない」

でもね、と伶奈は続けた。

「男性は一人の女性にあまり執着しないと思うの。もちろん男性全員がそうとは言わない。

だけど今、麻里花ちゃんという魅力的な女の子が現れて、遠山くんの気持ちはきっと不安定になっていると思う。柚実が手をこまねいていると、あっという間に天秤は麻里花ちゃんに傾いてしまうかもしれないよ」

伶奈の話は実に現実的な話であった。事実、遠山は今、一途に好意を寄せてくる上原に惹かれつつあった。

「姉さん……私はどうすればいいの？」

高井はどうしていいのか分からないのだろう。

「柚実……あなたたち三人の誰でもない私には分からないわ。これは三人で解決しなければいけない問題だから。もしかしたら柚実が傷付ける側になるかもしれないし、あなたが泣くことになるかもしれない。それらは柚実だけで決められることじゃないから。でもね、私は柚実を応援するよ。柚実は私の家族で、大切な妹だから笑顔でいてほしいし、幸せになってもらいたい」

「姉さん……」

高井は伶奈の話を聞き、溜めていた涙を堪えられずに流し始めた。

「柚実はいつからこんな泣き虫になったの？」

そう言いながら伶奈は高井の頭を抱いた。

「なんかね……色々な感情が一気に溢れ出てきて止められないの……」

「そっか……じゃあ仕方がないね」

怜奈は高井が泣きやみ、落ち着くまでその身体を抱き締めていた。

「柚実、落ち着いた？」

「うん……」

「そう……ならもう少し話そうかな」

高井が落ち着いたのを見計らって怜奈は、再び話し始めた。高井の頭は怜奈の胸の中に抱かれたままだった。

「麻里花ちゃん、可愛いよね。明るくて遠山くんに一途で、まるで向日葵のよう」

怜奈は遠山を一途に追い続ける上原を向日葵に例えた。

「うん……学校でも凄い人気で、上原さんを好きな男子はたくさんいる」

「でも、柚実も凄く可愛いよ。私が言うんだから保証する」

「うん、姉さんが言うならきっと正しい」

「柚実、いい子だ。大好きだよ」

怜奈の言葉で高井は救われた。今まで姉にコンプレックスを抱いてきた。でも、それはもう終わり高井は今日、この瞬間に生まれ変わった。

第十一話　ようやく言えたその言葉

赤点科目の補習期間が終わり、その日のうちに追試も行われた。

その追試も無事合格し、私は晴れて赤点を回避することができた。

『明日、私の帰り遅くなるから』

追試の合格を姉さんにリビングで伝えると『家に帰るのが遅くなる』とわざわざ報告してきた。

最初、姉さんの言っている意味が分からなかった。でもよく考えてみると、その日私はいないから誰を呼んでも大丈夫だよ、ということを姉さんは暗に言いたかったのだろう。

つまり……佑希（ゆうき）を呼んで好きなことをしていいよ、という意味だ。

『追試無事に合格しました。佑希にお礼がしたいから家に来てほしいです』

だから、私は遠慮なく佑希に連絡を入れた。

気を遣ってくれた姉さんには感謝しかない。

佑希が家に来るのを私はリビングで待っていた。久しぶりに二人きりで会えると思うと、ドキドキして私は落ち着かなかった。

「早く来ないかな……」

今まで私は佑希に対する〝好き〟という気持ちを押し殺し、身体だけの関係と割り切るように心を殺してきた。そうすれば、もし、佑希が私に飽きて捨てられたとしても、身体だけの関係だったと割り切れば心にダメージは受けないと思っていたからだ。

でも、実際は違っていた。

佑希に抱かれれば抱かれるほど、私の心は彼に依存していった。空虚な私を満たしていたのは、全て佑希だったのだから当たり前だ。私はそれに気付かず傷口を広げていった。その行き着く先は破滅しかない。私は家族や友達のお陰で幸いにも、その一歩手前で踏み止まることができた。

家族や友達の想いで満たされた私は今、空虚ではなくなった。だからもう、佑希で埋める必要はなくなった。

好きだから、私は佑希を求めている。上原さんも好きという感情から佑希を求めているはずだ。ようやく私は上原さんと同じ土俵に立つことができた。

——ピンポーン

玄関のインターフォンが鳴り、リビングのモニターには佑希の姿が映し出された。

私は一刻も早く佑希に会いたくて、呼び出しに応答せず玄関へと走った。

私は鍵を開け、扉の外に飛び出した。

「佑希！」

「た、高井、どうしたの⁉」

呼び出しにも応答せずいきなり玄関から飛び出した私に佑希は驚いたようだ。

「ううん、何もないけど飛び出してきちゃった」

「そ、そうなんだね」

テンションの高い私に佑希は、少し引いているように見えた。

「佑希、ほら入って！」

「お、おい……」

私は佑希の腕を取り、強引に家の中に引っ張り込んだ。

「た、高井……なんだか今日はテンション高いね」

「追試に合格して、ようやく夏休みを堪能できるから、かな？」

「まあ……夏休みに入っても学校通って、一週間も補習受けてたんだもんな」

「そうそう、だからだよ」

リビングで立ち止まると、佑希は周囲を見回した。

「そういえば、お姉さんは？」

姉さんが家にいないことを佑希には伝えていない。

「姉さん、今日は帰ってくるの遅いって言ってた」

「え？　そ、そうなんだ……そっか……」

佑希は明らかに、動揺していた。きっと私と同じように期待しているに違いない。

「佑希、それより私の部屋に行こう？」

私は誘惑するように腕を絡めると、佑希は無言で頷いた。

組んだ腕から佑希の体温を感じる。私は今から佑希に抱かれ、その温かさに包まれるだろう。

「佑希、キスして……」

私は部屋に入るなり、佑希に抱き付きキスをねだった。

「んっ……」

佑希は私を抱き締め、無言で軽く触れるくらいのキスをしてくれた。

「高井……今日は暑かったから、シャワーを浴びさせてくれないかな」

七月の陽気の中、外を歩いてきた佑希は、けっこうな汗をかいていた。私は気にしないけど、佑希が気にするのも当然だ。

「うん、私はもう浴びているから佑希はシャワー使って」

私は今日、佑希に抱かれるつもりでシャワーを先に浴びていた。

「ありがとう、行ってくる」

「カゴに入っているバスタオル使っていいよ」

佑希にとっては勝手知ったる他人の家、わざわざ言わなくて分かることかもしれない。

「ありがとう、使わせてもらうよ」

そう言って佑希は部屋を出ていった。

私は佑希がシャワーを浴びている間、ベッドの上で落ち着かない時間を過ごしていた。

「佑希に抱かれるのは初めてじゃないのに……こんなにドキドキしてる……」

気持ちひとつでこんなにも違うんだなと私は実感した。

「スカート皺（しわ）になっちゃう……邪魔だし、もう脱いじゃおう」

私はスカートを脱ぎ捨て、下着にブラウス一枚の姿になり、佑希が戻ってくるのをベッドの上で待った。

シャワーを浴び終わった佑希は、律義に服を着直して部屋に戻ってきた。

「いつもみたいにバスタオル巻いてくるだけでよかったのに」

「そうなんだけど……なんとなく緊張しちゃって……高井はもう脱いじゃったんだな」

「うん……邪魔だったし皺になっちゃうから」

佑希が歩み寄りベッドに腰掛けた。

「佑希も脱いで……」

佑希はズボンを自分で脱ぎ、Tシャツは私が脱がしてあげた。佑希は今、下着一枚の姿になった。

「佑希……大好きだよ……」

私は佑希の首に両腕を回し、今まで胸の奥に秘めていた想いを言葉で伝えた。

「高井……」

——ああ……やっと言えた……怖くて伝えられなかった私の想い。

——ようやく私は解放された。


…………………

…………

……


「高井、じゃあ僕は帰るよ」

遠山（とおやま）は二人で一緒にシャワーを浴び、着替えを済ませて帰る準備をしていた。

高井は目を瞑り、顎を突き出した。キスのおねだりだろうか。

遠山はそれに応え、高井とキスを交わした。

「ん……」

触れるだけの軽いキス。

唇を離すと高井は不満そうにしている。ここで盛り上がってしまうと、帰るに帰れなくなってしまう。

「……気を付けて帰ってね」

「また、連絡するよ」

「うん、待ってる」

遠山は後ろ髪を引かれる思いであったが、それを振り払い高井の家を後にした。

——高井、変わったな……素直に感情を表すようになった気がする。

家族の存在が高井を良い方向へと変えたのだろう。素直な高井はこの上なく可愛くて、遠山はいつも以上に愛おしく感じた。

高井の家から駅へ向かう途中、コンビニの前に見慣れた人影を遠山は見つけた。

「伶奈さん……？」

遠山はコンビニの前にいる伶奈と思わしき人物に駆け寄る。

「遠山くん、待ちくたびれたよ」

見慣れた人物はやはり伶奈だった。

「待ちくたびれたって……僕を待ってたんですか？」

「そう、これくらいの時間に、ここを通るだろうと思って待ってたんだよ」

「なんで、わざわざ……？　用事があればメッセージでよかったんじゃないですか？」

「遠山くんに会って話したかったからかな？」

「そうですか……それで話ってなんでしょうか？」

「私の妹は可愛いかったでしょう？」

遠山は質問の意図が分からなかった。

「また唐突な質問ですね……なんか素直になってて……凄く……可愛かったです」

「うん、素直でよろしい」

「話って、まさかそれを聞きたかったんですか!?」

「それは、ただ自慢したかっただけだから」

相変わらず伶奈は摑みどころのない人だった。

「そ、そうですか……」

「遠山くんにお願いがあって」

どうやらここからが本題のようだ。

「……また突然ですね？　今度は何を企んでいるんですか？」

「そう、次の日曜日に私とデートしない？」

「お願いですか？」

「遠山くん失礼しちゃうわね。私をなんだと思ってるの？　それで……どう？」

玲奈のことだ、遠山には何か裏があるようにしか思えなかった。

「分かりました……付き合います」

言動はアレだが玲奈は妹想いの良い人だ。遠山は玲奈が何かを企んでいたとしても、悪いことではないと判断し了承した。

「ああ、よかったぁ。じゃあ、時間と待ち合わせ場所は後でメッセージするね」

断られるか不安そうにしていた玲奈は、遠山の返事を聞き表情を明るくした。

「呼び止めちゃってゴメンね。気を付けて帰るのよ」

「玲奈さんも気を付けて帰ってくださいね」

「うん、おやすみなさい」

「はい、失礼します」

玲奈がただデートに誘っただけではないのは間違いないだろう。

だが、今は考えても仕方がないと遠山は諦め、家路を急いだ。

第十二話　真実

玲奈とデートの日、遠山は待ち合わせ場所に少し早めに来て玲奈を待っていた。

「遠山くんお待たせ！　今日は私より早く来てたじゃない？　感心感心」

遠山は呼び掛けられ、操作していたスマホから顔を上げると、そこには玲奈となぜか上原が一緒にいた。

「と、遠山⁉」

「う、上原さん⁉　お姉さん、今日は一人じゃなかったんですか？」

上原も少し驚いているようだ。

「玲奈さん、今日は遠山も誘ってたんですか？」

どうやら上原にも遠山が一緒だということを、玲奈は伝えていなかったようだ。

「あ、ごめーん、遠山くんと麻里花ちゃんに伝えるのを忘れてたわぁ」

玲奈はなんともワザとらしい演技をする。

「それとも……遠山くんは私と二人きりでデートがしたかったのかなぁ？」

玲奈は上原に目を向け、意地悪そうな表情を浮かべた。

「むぅ……」

それを聞いた上原は面白くなさそうだ。

「まあ、いいじゃない遠山くん。こんな美女二人とデートできるんだから」

やはり伶奈が何かを企んでいるのは間違いないと分かり、遠山はため息を吐いた。

「それじゃあ行きましょう！」

遠山の心配をよそに、伶奈は楽しそうだった。

以前、上原と映画を観に来たショッピングモールの入り口で、伶奈は足を止めた。

「あれ、中に入らないんですか？」

遠山は店内に入らず、周囲を見回している伶奈の行動に首を傾げた。

「んーちょっと待っててね……あ、いた！」

誰かを見つけたのか、伶奈は遠山と上原を置いて、その方向に駆けていった。

遠山が伶奈の向かった先に目を向けると、見知った姿の女性の姿が目に飛び込んできた。

——た、高井⁉　や、やられた……。

「た、高井さん⁉」

上原の反応から、彼女も高井が来ることを知らなかったのだろう。伶奈は誰にも知られずこの四人を集めるために、わざわざバラバラに待ち合わせし、周到に準備をしていたのだ。

「佑希に上原さん……どうしてここに……？」

やはり高井も事情を呑み込めていないようだ。

「お姉さんに誘われたんだよ。そうしたら上原さんと高井がいたんだ」

「姉さんがここに私との待ち合わせ場所を指定したのは、そういうことだったのね。なにか変だと思った」

どうやら、伶奈に用事があるから先にショッピングモールに行ってて、と高井は言われたらしい。完全に遠山たちは伶奈の掌で踊らされていた。

「まあ、細かいことは気にせず買い物を楽しみましょう！」

どこまでもマイペースな伶奈に、遠山たちは唖然とするばかりだ。

今、遠山は買い物をしながら、どこかぎこちない空気を感じていた。

――ホント、お姉さんは何の目的でみんなを集めたんだ？

伶奈が何か目的のものを購入するために、ここに来たわけではなさそうだ。さっきからウインドウショッピングに興じているだけで、伶奈は何も購入していない。

遠山は色々と考えてしまい、買い物を楽しむことができないでいた。上原も高井もお互い気まずそうにしている。はしゃいでいるのは伶奈一人だけだった。

「少し歩き疲れたし喉が渇いたから、オープンテラスでひと休みしましょう」

あちこち店を移動して疲れたのか、伶奈がお茶をしようと提案してきた。

全員が同じ気持ちだったのか、特に反対もなく遠山たちはオープンテラスに移動し、パラソル付きのテーブル席を確保した。

「遠山くん、奢(おご)るからそこのキッチンカーでドリンク買ってきて。私はアイスティーね」

伶奈は遠山に千円札を手渡し、四人分のドリンクを買ってくるようにお願いした。

「一人じゃ持ちきれないでしょう？　私も手伝うよ」

「上原さん、ありがとう。高井は何がいい？」

「私もアイスティーで」

「分かった。行ってくるよ」

遠山と上原は目の前のキッチンカーに向かっていった。

「姉さん、今日は何でみんなを集めたの？」

高井が疑問に思うのも無理はない。わざわざ、待ち合わせを別にしてまで隠していたのだから。

「別に……みんなと買い物したかっただけだよ？」

「嘘(うそ)ばっかり……」

聞いたところで伶奈が話さないことは高井も分かってはいたが、それでも問い質さずにいられなかった。

「お姉さん、はい、お釣り」

遠山と上原がドリンクをトレーに載せて戻ってきた。

「伶奈さん、ご馳走になっちゃっていいんですか？」

上原が遠慮がちに尋ねた。

「いいのいいの、気にしないで。私の用事に付き合わせちゃってるから、せめてものお礼よ」

「じゃあ、遠慮なくいただきます」

「はぁあっ！　冷たくて美味しい！　生き返る！」

今日も真夏の日差しでかなり気温も上がってきている。伶奈は咥えたストローからアイスティーを一気に飲み干した。

高井も上原も美味しそうにドリンクで喉を潤していた。

「さて……柚実、麻里花ちゃん、ちょっと遠山くん借りるね」

ドリンクを飲み終えた伶奈は立ち上がり、遠山の腕を掴んで連れていこうとしている。

「え？　伶奈さん、遠山とどこに行くんですか？」

「ちょっと水着を買おうと思って、男子の意見も聞きたいから連れてくね。後で、ここに戻ってくるから二人はどうぞごゆっくり」

「ね、姉さん？」

伶奈に腕を引かれ、遠山の意思はなかったかの如く強制的に連行されていった。

「ちょ、ちょっとお姉さん？」

遠山は強引に連れていかれ、残された二人はポカンとするだけだった。

高井と上原はどこか気まずそうに二人して黙っていた。

「あ、あの……高井さん……これ……誕生日プレゼント」

沈黙が流れる中、上原が口を開いた。四人で買い物中にコッソリ買っていたプレゼントをバッグから取り出し、高井に差し出した。

「え……？　う、上原さん……あ、ありがとう。開けていい？」

「うん……」

可愛くラッピングされた袋を開けると、中にはオシャレなブックカバーが入っていた。

「わあ……素敵……上原さんありがとう……」

突然、上原から渡されたプレゼントに高井は頰を緩めた。

「高井さん、誕生会に行けなくてごめんね」

「ううん、気にしないで。用事があったなら仕方ないよ」

その言葉に上原は後ろめたい気持ちがあったのか、高井から目を逸らした。

「……本当はあの日、用事なんてなかったの。高井さんに顔を合わせづらくて……どうしても行けなかった」

「……上原さん……どうして？」

上原の告白に少し驚きはしたが、高井は努めて冷静に理由を尋ねた。

「……」

上原は言いにくいのか、口を噤んでしまう。

「上原さん、言いにくかったら──」

「あのね……高井さんが赤点を取って、補習になって、門限が十八時になったって聞いて私、少し喜んでしまったの！　そんな風に思ってしまった自分がズルくて、醜くて、凄く嫌になって……」

高井の言葉を遮って上原の口から出た言葉は、本人が言うように他人の不幸を喜ぶ最低な思いだった。

「上原さん……」

「補習で忙しくなれば遠山と高井さんが一緒にいる時間が減って、代わりに私と一緒にいる時間が作れるって……そう思ってしまったの……私、高井さんに嫉妬して、そんな酷いことを考えてしまって……本当にごめんなさい……」

上原は苦しそうに全てを打ち明けた。その目には涙が浮かんでいた。

上原と向かい合って座っていた高井は、上原の横の席に移動し腰掛けた。

「上原さん……謝るのは私の方」

涙を流し、本心を語る上原を目の当たりにした高井は、これ以上、隠すことはできない、自分も本当のことを話す時がきたと決意を固めた。

遠山と高井の本当の関係を話せば、上原との仲は修復できない最悪な状況を迎えるかもしれない。それでも高井は全てを話すと心に決め、上原に向き直った。

「高井さん……それはどういう……」

いつになく真剣な高井の表情を見た上原は、今から何が起こるのか分からないことに恐怖した。

「私は――」

高井は全てを上原に話した。遠山とは身体だけの関係の、セックスフレンドであることを。

「ウソ……」

高井の告白に上原の涙は一瞬で止まった。上原の時間だけが一時停止してしまったかのような沈黙が続いた。あまりの衝撃的な事実に、思考を拒否してしまっているのかもしれない。

「高井さん……冗談だよ、ね……？」

上原は冗談だと言ってほしかったが、無情にも高井は首を横に振った。

「い、いやぁ――ッ！」

取り乱した上原は立ち上がり、その場から走り去ろうとするが、高井に腕を掴まれ引き止められる。

「上原さん聞いて！」

「やだぁっ！　聞きたくないッ！」

腕を振り解こうとする上原を高井は抱き締める。

「お願いだから聞いて！」

高井は抱き締めながら説得するが、上原は必死に抵抗を続ける。

「佑希は上原さんに惹かれてるの！　だから……最後まで聞いてほしい……」

その高井の言葉に、上原はピタリと抵抗を止めた。そのまま上原は大人しくなり、その場に座り込んだ。話を聞いてくれるのだろうか？

「私はずっと上原さんに嫉妬し続けてきたの。明るくて人気があって素敵なあなたに。いつか佑希は上原さんのもとに行ってしまうんじゃないかって、ずっと不安だった。だから……私は髪を切って眼鏡を外したり、佑希の気を引こうとした。二人で過ごす時間を作るために、お金が欲しくアルバイトも始めた。でも……それでも、佑希の中の上原さんの存在が大きくなってきて……どうやっても上原さんに敵わないって……」

セックスフレンドという、身体の関係だけでは繋ぎ留められない人の心を、高井は嫌というほど味わったのだろう。身体の関係がなくても繋ぎ始めた遠山と上原の心、高井はそれが羨ましくて妬ましくてしかたなかった。

胸の中に溜まっていたものを吐き出し続ける高井の姿は、とても苦しそうだった。

しかし、いくら高井が辛かったとしても、遠山と肉体関係を結んでいた事実は変わらない。高井には自分の好きな人が、他の女性と肉体関係があった時の辛さは分からない。

結局のところ、高井も上原もお互いがどれだけ辛いかは、理解することはできない。

高井が胸の内を吐き出し続けている間、上原は黙って聞いているだけだった。

怜奈が強引に遠山を連れ出したのは、高井と上原を二人きりにさせるためだった。遠山はそう考えるしかなかった。

「この水着どう？」

怜奈は派手な水着をハンガーから外し、自分の身体に当て、遠山に感想を求めている。

「お姉さん、呑気に水着選びをしてていいんですか？」

「あら？　なんで？」

「高井と上原さんを二人きりにして大丈夫なのかなって……」

「大丈夫じゃないかもっていう自覚が、遠山くんにあるのかな？」

思い当たることがある遠山は沈黙する。

「すみません、この水着試着します」

遠山が答えられずに黙っていると、伶奈はスタッフに試着の許可を取っていた。

「ちょっと、試着してくるから、遠山くんはそこで待ってて」

伶奈は水着を片手に、試着室に入っていった。

試着室はカーテンが一枚あるだけで、伶奈が服を脱いでいる音が聞こえてくる。

「遠山くん、試着したから見てもらいたいんだけど、カーテンの隙間から覗(のぞ)いていいよ」

伶奈はカーテンに頭を突っ込めと言っている。

「いや、試着室から出てきてくださいよ。頭突っ込んでたら変態じゃないですか」

「試着室に頭突っ込んでるカップルなんてたくさんいるから大丈夫」

――え？　それって普通なの？

「いいから、ほら！」

試着室のカーテンが一瞬開くと、遠山の頭は両手で掴まれ引っ張り込まれた。

今、遠山はカーテンの隙間から更衣室に頭だけ突っ込んでいる状況だ。

――うわ、お姉さん凄いスタイル良いな……さすがモデルをやってるだけはある。

胸のボリュームも上原に劣らないサイズだ。

遠山はどこか変態チックなこの行為も、伶奈と一緒だと普通に思えてくるから不思議に思えた。

「ねえ……遠山くんは麻里花ちゃんのことが好き？」

伶奈は直球の質問をいきなり遠山にぶつけてきた。

伶奈の真剣な目を見た遠山は、全て見透かされていることを悟った。

「……意識しているのは間違いないです」

伶奈に隠し事はできないと諦めた遠山は本心を語り始めた。

「で、どっちを選ぶつもりなの？」

どっちとは妹のことだろう。

「分かりません。二人とも大切な人だから選べないです」

「正直なのね」

「あなたに隠し事はできないと思って」

「そう……」

伶奈は人をコントロールする術(すべ)を心得ている。そんな人間を相手に誤魔化(ごまか)すことは難しいだろう。

「僕のことを非難したりしないんですか？」

「どうして？」

「だって大事な妹さんと他の女性を天秤に掛けて、見方によっては二股しているみたいなもんじゃないですか」

「遠山くんは二股をしているつもりなの？」

「そ、そんなつもりは……もちろんないです。でも結果的に今の状況ではそう思われても仕方ありません」

「私はね、遠山くんの気持ちも分かるから」

「僕の気持ち？」

「そう、上原さんみたいな健気で可愛い子に言い寄られたら、気持ちが揺らいでしまうのは仕方ないもの」

「それはお姉さんの経験談ですか？」

「そう思ってくれても構わないわ」

「そうですか……」

　遠山たちと伶奈は三つしか変わらないが、その三年が経験の差を生んでいるのだろう。伶奈は年齢以上に、色々な経験をしているような気がした。

「これはあなたたち三人で、解決しなければならない問題なの。外野の私が遠山くんを非難したところで解決するわけじゃないわ」

「大人なんですね」

「どうかな……それで……あなたはどうするの？」

これは遠山が蒔いた種だが、すぐに答えを出すのは難しい。それでも今、行動しないのは無責任だ。何もしないでただ指を咥えて見ているだけではなく、せめて行動だけでもしろと伶奈が言っているように遠山は感じた。

「……二人の所に戻ります」

今、遠山が高井と上原のもとに行ったところで、問題がややこしくなるだけかもしれない。

「うん、行ってらっしゃい……あ、この水着似合ってる？」

この期に及んで、水着の感想を聞くとは伶奈らしいなと遠山は苦笑した。

「とても似合ってます。さすがお姉さんです。じゃあ、行ってきます」

水着売り場を後にし、遠山はオープンテラスの二人のもとに駆けて行った。

「この状況で私にお世辞を言っていくなんて……。やっぱり私の妹ね……好みがよく似てる。柚実、苦労しそうだな」

妹の心配をしつつ伶奈は過去の自分に想いを馳せた。

◇

「はぁ……はぁ……」

遠山は伶奈と別れた後、高井と上原がいるオープンテラスまで走ってきた。

「いた！」

高井と上原が、先ほど休憩したテーブルから移動していなかったので、すぐに見つけることができた。

「高井、上原さん！」

会話をせずに沈黙している二人のもとへ遠山が駆け寄る。

「佑希……？」

二人の顔には泣き腫らしたあとがあった。どんな話をしたのか遠山には想像に難くない。

「もう全て上原さんに話した」

「そっか……」

――高井は全て明かすことで、全てを失うかもしれない覚悟を決めたんだ。なら、僕も同じ覚悟を持たなければ二人に示しがつかない。

遠山は非難される覚悟で上原に向かい合う。

「上原さんの気持ちを知っていながら、今まで黙っていてごめん。嫌われても仕方がないことをしたし、軽蔑しているかもしれない……」

「私は……遠山のことを嫌ったり軽蔑したりしないよ」

遠山は上原に罵倒されビンタの一発でもされる覚悟であった。

「どうして……僕は上原さんにヒドいことを……」

「もちろん……高井さんとの関係を聞いた時は、凄くショックだったし悲しかった……今だって辛いよ？　でも……今、遠山を諦めてしまったら、高井さんに取られちゃうじゃない。せっかく遠山が私のことを意識してくれるようになったのに……ようやく高井さんと肩を並べることができたのに諦められないよ」

「僕は高井と上原さんを天秤に掛けているようなクズな男だよ？」

「そうだね……クズだし――最低だね……」

「でも……そんな最低な男を好きになったんだから、しょうがないじゃん……だからって嫌いになれないよ……」

「……今、僕が上原さんと高井のどちらかを選べなくても？」

「それでも……いいよ」

「……高井もそれでいいのか？」

「うん……私も佑希のことが好きだから……」

「高井……」

前回、高井の部屋に行ってからというもの、遠山に対する好意を高井はハッキリと表すようになった。今まで高井がどう思っているのか、窺い知ることができなかった遠山は嬉しく思う。

高井が全てを受け入れたことで、上原と同じ土俵に立てたと表現し、上原はようやく高井と肩を並べることができたと言った。この二人は本当の意味で、ようやくスタートラインに立てたということなのだろうか？

危ういバランスで保たれている三人の関係は、ちょっとしたキッカケで崩れてしまうかもしれない。

危うい綱渡りを始めてしまった三人は、もう後戻りできない。

オープンテラスのテーブルで、遠山と高井と上原の三人が話をしているのを、怜奈は遠目に見守っていた。

「そろそろ、私が戻っても良さそうね」

三人が落ち着いた頃を見計らって、怜奈は三人のもとへ向かった。

「三人ともお待たせ」

怜奈は三人の顔を見回した。

「あら？　柚実も麻里花ちゃんも酷い顔ね。せっかくの可愛い顔が二人とも台無しよ？　パウダールームで直してきなさい」

高井と上原がパウダールームに行っている間、遠山は怜奈に一部始終を話していた。

「まあ、今すぐ解決できるほど簡単じゃないよね。でも、三人の意思は確認できたから良かったんじゃないかな？」

どこまでも自由奔放で寛容な人だなと遠山は感心した。

「今日、手間を掛けてまで僕たち三人を会わせたのは、このためだったんですね」

「まあ、麻里花ちゃんが誕生会に来なかったから、柚実と話すキッカケくらいは作ってあげようと思っただけ。でも、結果オーライなのかな？」

　伶奈は現状で一番丸く収まる方法を考えて行動していたのだ。遠山は改めて伶奈の凄さを実感した。人間関係を観察、調整するどれもがズバ抜けている。

「お姉さんって凄い人ですね……素直に感心しました」

「あら、嬉しいこと言ってくれるじゃない？　でも私に惚(ほ)れちゃダメよ？　さすがに実の妹と男を取り合うのはイヤだからね」

　こういうところは相変わらずだが。

「冗談はさておき……ここからは遠山くんたち三人次第だからね」

「はい、十分分かっています」

「うん、ならよろしい。柚実を頼んだわよ。泣かせたら許さない……もう泣かせてるか」

「す、すみません……」

「二人が戻ってきたら今日は帰りましょう。遠山くんは麻里花ちゃんを送っていってね」

「はい、分かりました」

「帰りにいきなり麻里花ちゃんに手を出しちゃダメだからね」

「出しませんってば！」

——真剣な時は本当に頼りになるんだけど、ちょっとでも緩い雰囲気だと、こうやってすぐふざけるんだよな。

高井と上原がパウダールームから戻ってきて今日は帰ることになった。

「じゃあ、帰ろっか。遠山は麻里花ちゃんを送っていくんだよ」

「はい、分かりました」

怜奈と遠山は先に歩き出し、それに高井が続いた。

「上原さん？　どうしたの？」

後ろからついてこない上原に高井は首を傾げた。それに気付いていない遠山と怜奈は、足を止めずに駅へと向かって二人から離れていった。

「高井さん、私ひとつ言ってなかったことがあるの」

そう言いながら上原は高井のもとへと駆け寄った。

「私、遠山とキスをしたよ。だから……私も高井さんと同じことを遠山としてもいいよね？　だって、そうしないと高井さんとフェアじゃなから」

あとがき

お久しぶりのヤマモトタケシです。

『シてしら』の二巻、無事にお届けすることができましたが、いかがでしたでしょうか？

前巻で高井の出番が少ない、心情をもっと掘り下げて欲しいというレビューを多数いただきました。それを踏まえて今回は高井の抱える問題にクローズアップし、解決までを描きました。

上原も好きな人と触れ合うことの喜びを知ったことで、引くに引けない状況になり、物語は一気に進みました。

二巻までは序章のようなもので、遠山たち三人の物語はこれからが本番です。

より複雑になった三人の関係はこれからどうなっていくのでしょうか？

現実的な話をすると二巻の売り上げ次第なのですが、最後までこの物語を描き切りたいと思っています。

読者の皆様には感想やレビュー、メッセージ等で『シてしら』を拡散、応援していただけると嬉しいです。ファンレターもお待ちしています。

ここから謝辞を述べさせていただきます。

二巻刊行に尽力していただいた角川スニーカー文庫編集部担当のナカダ様には深謝申し上げます。

イラストを担当して頂いたアサヒナヒカゲ様、今回も素晴らしいイラストを描いて頂き感無量です。高井の姉、伶奈のキャラクターデザインは特に気に入っています。

そして、この本の出版に携わっていただいた全ての関係者様、本当にありがとうございました。おかげさまで二巻を出すことができました。

最後に一巻、二巻を手に取っていただいた全ての読者の皆様、ありがとうございました。三巻のあとがきでまた皆様に会えることを願っております。

追伸
『月間コミック電撃大王』で本作のコミカライズが連載中です！
コミック版は原作のキャラクターの心情が忠実に再現されています。とても可愛(かわい)く描いていただいた作画担当のももずみ純先生には大変感謝しております。
未読の方はコミック版『シてしら』もよろしくお願いします。

ヤマモトタケシ

冴えない僕が君の部屋でシている事をクラスメイトは誰も知らない2

著　ヤマモトタケシ

角川スニーカー文庫　23348
2022年10月１日　初版発行

発行者　青柳昌行
発　行　株式会社KADOKAWA
〒102-8177 東京都千代田区富士見2-13-3
電話　0570-002-301（ナビダイヤル）

印刷所　株式会社暁印刷
製本所　本間製本株式会社

●お問い合わせ
https://www.kadokawa.co.jp/（「お問い合わせ」へお進みください）
※内容によっては、お答えできない場合があります。
※サポートは日本国内のみとさせていただきます。
※Japanese text only

Printed in Japan　ISBN 978-4-04-112882-4　C0193

★ご意見、ご感想をお送りください★
〒102-8177 東京都千代田区富士見 2-13-3
株式会社KADOKAWA　角川スニーカー文庫編集部気付
「ヤマモトタケシ」先生「アサヒナヒカゲ」先生